儚き名刀

義賊・神田小僧

小杉健治

幻冬舎時代小説文庫

儚き名刀　義賊・神田小僧

目次

第一章　行方不明

一

夜四つ（午後十時）過ぎの芝《しば》は静まり返っている。雪は宵の口には止んだが、余計に寒く感じる。夜空の星が凍え、神田小僧《かんだこぞう》の吐く息が白かった。

丸亀《まるがめ》藩上屋敷裏門の門番たちは、寒さに手を揉みながら、小さな声で愚痴を漏らしていた。

（表門も、裏門も守りが堅い）

神田小僧は近くの金毘羅《こんぴら》大権現へ回った。金毘羅大権現は丸亀藩の屋敷内に構えており、毎月十日に限っては庶民の参拝も許された。讃岐《さぬき》まで行かなくてもご利益があるということで、大盛況であった。

ちょうど今日十二月十日の昼間も大勢の参拝客が訪れ、押すな押すなの賑わいで、怒号も飛び交っている。

神田小僧もどこからなら忍び込みやすいか下調べに入った。

昼間は門の外からでも見えた『金毘羅大権現』と書かれた白い幟《のぼり》は、もう片付けられてなかった。

神田小僧は神社の塀を身軽に乗り越えた。神社から屋敷の塀を乗り越える方が忍び込みやすい。

鳥居をくぐり、神殿の裏に回る。そこからさらに塀を乗り越えて、丸亀藩上屋敷に入り込んだ。

耳を澄ませば、どこからとなく、カタンカタンと小さな音が聞こえ、話し声も聞こえてくる。

長屋の中間《ちゆうげん》部屋のようだ。

神田小僧は天井裏に忍び込んだ。這《は》いつくばって、音のするところで止まる。

天井板をそっとずらし、下を覗《のぞ》いた。

蠟燭《ろうそく》一本の元に、男たちが八人群がっている。それぞれ、手元には駒がある。

「揃いました」

サイコロが振られた。

「半！」

小さいが、弾《はず》みのある声がする。

各々がそれぞれ違う表情を見せるが、淡々と次の勝負に移っていく。

部屋の隅の方で、商人風の男が「そろそろ帰ります」と丁寧な言葉遣いだが、どこか不機嫌そうに言う。

「もうお帰りで？」

「続けて負けていますから」

「でも、次は勝つかもしれませんよ」

「いいんです。それに、もう丸亀藩とお付き合いすることはないでしょうし、この賭場に来るのも今日限り……」

商人は嫌味っぽく言う。

「お仕事とは関係ないじゃありませんか」

「手前どもの店がいきなり出入り差し止めになったんですから、ここに来るのも憚《はばか》られますよ」

商人は部屋を出て行った。

何勝負か終わると、ツボ振りの隣に座っていた髷《まげ》が太く短い奴風《やっこ》の男が、集まった銀の小粒を片手に、もう一方で小さな行灯《あんどん》を手に持って静かに部屋を出た。

神田小僧は天井板を戻して、移動した。

隣の部屋では、奴が木箱に小粒を仕舞っている。箱に鍵をかけて、奴はその部屋をすぐに出て行った。

神田小僧はしばらく様子を窺《うかが》ってから、下に降りた。

木箱に近づき、鍵穴を指で押しあてる。

（簡単な錠だ）

神田小僧は懐から細い釘を取り出して、鍵穴に入れた。二、三回左右に回すとカチャッと音がした。

蓋を開けて、手探りで小粒を摑《つか》んだ。大体十両くらいはありそうだ。

神田小僧は巾着《きんちゃく》に小粒を入れ、懐《ふところ》に仕舞い、錠に鍵をかけた。

ここで、しょっちゅう賭場が開かれているということは、箱はひとつではないはずだ。神田小僧は真っ暗な部屋の中を見渡し、畳を剝《は》がした。

畳の下の床板を外し、手を突っ込むと、木の箱に当たった。箱はいくつもある。ひとつを取り出して、錠を破った。

中には、また小粒がいくつも入っていた。

それを巾着に入れて、鍵をかけて、床下に仕舞った。

畳も元に戻した。

そのとき、隣で襖《ふすま》を開ける音がした。

簞笥《たんす》に足をかけ、急いで天井裏に戻った。

天井板を閉じると、部屋に誰か入って来たようだ。

神田小僧は颯爽《さっそう》と丸亀藩上屋敷を後にした。

霜柱が土を盛り上げ、軒端《のきば》から氷柱《つらら》が垂れ下がっている。どこからか聞こえて来る目白《めじろ》や頬白《ほおじろ》の鳴き声も寒さに震えていた。

巳之助《みのすけ》は懐に巾着の重みを感じながら、道具箱を持ち、「いかけえ、いかけ」と声をかけながら歩いていた。巳之助は二十五歳で、細身でしなやかな体つきをしている。切れ長の目元が少し寂しそうでもあり、少し冷たく見えるような顔立ちだ。

木挽町《こびきちょう》の大通りから狭い横町を抜けると、御家人橋爪主税《はしづめちから》の小さな屋敷が見えてきた。

橋爪は今年四十歳で、去年、妻を病で亡《な》くしている。子どももなく、それからは独りであった。色々なものに造詣《ぞうけい》が深くて、知識も豊富な男だ。

近ごろ、巳之助が木挽町にしょっちゅう仕事で回るようになったのも、橋爪の女中が修繕を頼んで来るからだった。初めは女中としか話さなかったが、そのうちに、小者や橋爪自身とも話すようになった。数日前にここに来たときに、橋爪から「これがどのくらいの値がするかわかるか」と黒い鉄扇を見せられた。

それは鉄扇の形はしているものの、開かない「手慣らし」と呼ばれるものであった。普通、鉄扇の親骨は刀鍛冶《かじ》が叩いて作るので、多少なりともくぼみがあるものの、これはかなりなだらかで、勝村《かつむら》という名が刻まれてあった。

「あっしにはわかりませんが、知り合いに詳しい者がいるのできいてきやしょう」

巳之助は請け合った。

橋爪は生活が苦しくて、その鉄扇を売ろうとしているのだろうが、あまり深くは詮索できなかった。

巳之助は門をくぐり、敷石を渡って土間に足を踏み入れた。

「橋爪さまへ、橋爪さまへ」

巳之助が声をかけると、すぐに六尺半纏《ばんてん》の三十半ばの若党、石川福吉《いしかわふくきち》がやって来た。

「これは巳之助殿」

福吉は頭を軽く下げた。

生まれが信州で、江戸に出て十年目の男だ。未《いま》だに垢抜けないが、実直で、人柄の良さそうな優しい顔をしている。

「橋爪さまはいらっしゃいますか」

巳之助はきいた。

「いるには、いるのですが……」

福吉が硬い表情で言う。

「どうかされましたか」

福吉は迷いながら、

「実は……」

と、口を開いたとき、奥から羽織袴姿の橋爪主税が現れた。もとより、体が弱いらしく、色白で頰がこけているが、今日はさらに目の周りが黒ずんでいた。

「橋爪さま」

巳之助は頭を下げる。

「お主か」

橋爪は心もとない声を出した。

「勝村の鉄扇のことですが」

「ああ、そのことか」

橋爪が小さく呟《つぶや》いた。もっと食いついてくるかと思いきや、あまりに冴えない返事であった。

巳之助はそれでも構わず続けた。

「勝村というのは、天正《てんしょう》年間（一五七三年〜一五九三年）に活躍した桑名《くわな》の刀工で、この品は三十両は下らないとのことです」

「実はあの鉄扇が盗まれたのだ」

橋爪は小さな声でため息交じりに言った。

「えっ、どこで盗まれたのですか」

「二日前の八つ（午後二時）くらいに、芝車町《しばくるまちょう》でだ」

「鉄扇を持ち歩いていたのですか」

　巳之助は不思議に思ってきいた。

「ああ、お主にきいておいて悪いが、高輪《たかなわ》に住む知り合いに武具に詳しい者がいるのを思い出して、久しく会っていなかったが鉄扇を持って訪ねることにしたのだ。結局会えなかったのだが、その帰り道、二十三、四くらいの妙に艶《なま》めかしい女と出会った。そのとき、わしを見てにっこりと笑顔を作り、『橋爪さまではございませんか』ときいてきた。そしたら、『以前お世話になったきり、何の礼も出来ずに失礼しました』と頭を下げて去って行ったのだ。それから、しばらくして気が付くと懐の鉄扇と印籠《いんろう》がなくなっていたのだ。途中でどこに寄ったわけでもないし、あの女しか考えられぬ」

　橋爪は厳しい口調で、鋭い目つきをした。普段穏やかなだけに、これほど険しい目つきを見たことがなかった。だが、橋爪の目はすぐに、また不安に駆られるような翳《かげ》りのあるものとなった。

「印籠はわしが買ったものだから諦めがつくが、鉄扇を失《な》くすのは先祖に対して申し訳が立たない」

橋爪は肩を落とし、

「奉行所に届けを出せばいいのだろうが、手元に返ってくるとは思えない。それより、あいつはとんだ間抜けな武士だと仲間に嘲笑われるだけだ。悔しいが泣き寝入りしかないのだろう」

と、奥歯を嚙《か》みしめていた。

巳之助は橋爪が不憫《ふびん》でならなかった。盗んだ方もまさか懐に勝村の鉄扇があると思っていたわけではないだろう。印籠を盗ろうとしたら、鉄扇もあったので一緒に盗った。

「ちなみに、橋爪さまの印籠はどのようなものですか」

巳之助はきいた。

「柿渋で仕上げた一閑張《いっかんばり》だ」

橋爪はそう言ってから、

「一閑張というのは、木型などを使って和紙を張り重ね、型を抜いて表面に漆《うるし》や柿渋を塗ったものだ。年に一度だけ江戸にやって来る讃岐の行商人から買ったものだ」

と、付け加えた。

「そうですか。なかなか、手の込んだものでございますね。根付《ねつけ》はどんなもので？」

巳之助はさらにきいた。

「木彫りの大黒天だ。わかりやすいように赤い紐で繋《つな》いである」

橋爪はすらすらと答えた。

巳之助は頭の中に、印籠を思い浮かべながら、同時に、女掏摸《すり》の小春《こはる》のことが脳裏を過《よぎ》った。

だが、小春は背が高くないし、そもそも小梅《こうめ》村に住んでいるので、車町で掏摸をするとは思えない。

掏摸には、縄張りがあるはずだ。

どこの一家が車町を縄張りにしているのかわかれば、その女掏摸もすぐに暴《あば》けるだろう。

「橋爪さま、あっしが印籠と鉄扇を取り返してきましょう」

巳之助は気負った。

「えっ、お主が？」

橋爪が意外そうな声を出した。

「あっしは商売柄、方々を回るので、掏摸のことも調べやすいんです」

「だが、他に何の手掛かりもないぞ」

「地道に探してみせます」

「しかし、お前にも商売があるだろう」

橋爪は諭《さと》すように言った。

「いえ」

巳之助は首を横に振ってから、

「橋爪さまのお力になりたいのです」

と、強い意思を伝えた。

「どうしてだ」

橋爪は巳之助の顔を改めて見て、不可解そうに言う。

「実は以前、橋爪さまが汚らしい格好をして金を乞《こ》うて歩いている二十歳そこそこの男に握り飯と金をいくらか渡しているのを見かけたことがあるのです。その男は通り過ぎる者が鼻をつまむような臭いを発していました。それなのに、橋爪さまは嫌な顔をせずに、握り飯と金を渡してから、『今は辛《つら》いだろうが、生きていれば必ず良いことがあるから』と、その男の手を握ってやりました。そのお姿を見て、何と優しいお方なのだろうと、つくづく感心してしまいました」

巳之助はまるでさっき遭《あ》ったことのように、そのときのことを鮮明に覚えていた。

「そんなことがあったか」

橋爪は首を傾《かし》げる。

「半年くらい前だったと思います。両国《りようごく》橋の近くで、釣り竿を片手に持っていました」

巳之助は答える。

「ああ、そうか」

橋爪は低い声を出し、思い出したように頷《うなず》く。

汚い格好をしていた男に渡した金も余分なものではなかったはずだ。それを易々《やすやす》と渡すことが出来るのは橋爪の器の大きさを感じる。

「私に手伝えることがあれば、何でも言い付けてください」

巳之助は橋爪の目をじっと見た。

「うむ」

橋爪は小さく頷いてから、

「では、すまぬが頼む」

と、頭を下げた。

「橋爪さま、よしてください。それより、女の着ているものは覚えていますか」

橋爪が頭を上げてからきいた。

「白っぽかったような、いや、浅葱色《あさぎいろ》だったか」

橋爪は自信なさそうに言う。

「場所は車町ですよね。近くに家や店はありましたか」

「少し外れで、屋台の寿司屋が出ていたくらいだ」

「では、まずはそこに当たってみます。なんていう寿司屋だったか覚えていますか」

「なんだったか。黄色い幟に、丸が描かれていたな」

橋爪は思い出すように上目遣いで答えた。

「女はどんな容姿でしたか」

「すっとして背が高かった。富士額《ふじびたい》に、大きな切れ長の目だったと思う。いや、女のことをあまり見ていないから違っているかもしれぬが」

橋爪は曖昧《あいまい》な感じで言ってから、首を微《かす》かに傾げた。

「では、その女掏摸を探してまいります」

巳之助は橋爪の屋敷を後にした。

遠くの方で、暗い灰色の雲が広がっていた。

また雪が降るかもしれない。

巳之助は足を急がせた。

二

車町に着いたのは、それから半刻（約一時間）してからだった。ここは東海道《とうかいどう》に面している片側町で、すぐそばに海が広がっている。

海から吹く風が痛いほどに冷たく、粉雪が交じっていた。

泉岳寺《せんがくじ》が斜め前方に見えている。

黄色い生地に、丸が描かれた幟の屋台店が見えた。

（ここが橋爪さまの言っていたところだ）

巳之助はそこに近づいた。

先客はいない。

木の箱の中に、白身、こはだ、赤貝などが綺麗に並んでいた。他の店と比べても、大きめのつくりで、小食の者ならひとつで腹が満たされるくらいだ。寿司は全て同じ大きさで作られていて、ネタの色が鮮やかであった。

ほんのりと赤酢の香りが鼻をくすぐる。

「へい、いらっしゃい」

自分と同じくらいの亭主が手を叩き、威勢のいい声を出した。

巳之助はちょうど腹も減っていたので、

「鮪《まぐろ》の赤身を」

と、箱の中に三つ並べられているうち、一番端っこのものを指した。

「へい」

寿司屋は皿に鮪の握りを載せる。

巳之助は代金を払い、皿を受け取った。

大きいシャリだが、崩れず、口に運びやすい。

酢や塩の加減がくどくなく、あっさりしていて、巳之助の好みの味だった。

「うまい」

巳之助は本心で唸《うな》った。

「恐れ入ります」

寿司屋は笑顔で頭を下げる。

「いつも、ここで屋台を出しているんですか」

「ええ、もう四年になります」

「東海道の途中だから、客が多く来るでしょう？」

巳之助はもう一口食べてからきいた。

「まあ、そうですね。でも、雨の日なんぞはまったく駄目ですし、ここ最近は寒いせいかあまり良くないですね……」

寿司屋が苦笑いする。

巳之助は大口を開けて、残りを食べた。

「ところで、二日前の八つ（午後二時）くらいに、この辺りでお侍さまと、背の高い二十三、四くらいの女を見かけませんでしたか」

巳之助は訊《たず》ねた。

「ええ、いました。随分と綺麗な女のひとでしょう？」

寿司屋は嬉しそうに言う。

「知っている顔でしたか」

「いえ、初めてです。でも、あんな美人はなかなかお目にかかれねえんで、よく覚えていますよ。あっしは品川《しながわ》の芸者で、高輪まで三味線か太鼓の稽古に来たんじゃないかと睨《にら》んだんですが」

寿司屋が腕を組んで、決め込んだ。

「芸者ですか？」

巳之助はきいた。

「わかりませんよ。でも、地味な象牙色《ぞうげ》の結城《ゆうき》の着物で、薄化粧だったのに、あの女はぱっと輝いていたんです。ありゃあ、素人《しろうと》じゃないでしょう」

「そうですか。ふたりはどんな様子でしたか」

「女の方が親しげに話しかけていたけど、お侍さまはちょっと戸惑っていましたっけ」

「何か変わったことはなかったですか」

「特には」

寿司屋が首を傾げる。

「女はお侍さまと別れて、どっちの方角に行ったか覚えていますか」

「泉岳寺の方に曲がって行きましたよ」

「泉岳寺……」

巳之助はその方向を見てから、

「二日前にお見かけしたお侍さまはよくこの辺りを通られるのですか」

と、訊ねた。

「いえ、初めて見た顔でした」

寿司屋は自信なさそうに言う。

そのとき、職人風の客がふたりやって来た。

ふたりは箱の中のネタを品定めする。

巳之助は亭主に礼を言って屋台を離れると、東海道を大木戸の方に進み、高輪北《きた》町《まち》の手前を右に折れて、坂を上った。

突き当たりに泉岳寺の正面の門が見えるが、坂の途中の右手は門前町となっている。師走《しわす》の十日といえば、あと四日で討ち入りの日。泉岳寺に参拝する客も、普段より心ばかり多かった。

門前町には、団子屋、焼き芋屋、土産物屋などが並んでいた。

巳之助は近場から一軒ずつ、象牙色の結城を着た、二十三、四くらいの背の高い大きな切れ長の目の綺麗な女を見なかったか、きいて回った。

見かけたような気がすると言う者もいたが、特に目立ったことはきき出せなかった。

半刻（約一時間）くらいして、泉岳寺の山門の手前にある団子屋へ行った。

ここは以前、橋爪から美味いと聞いたことのある店だった。大きな団子に、他の店よりも幾分甘いタレが売りだそうだ。

巳之助が店を覗くと、三十歳くらいの団子屋の亭主と、十二、三歳くらいの商家の小僧風の男が楽しそうに話していた。

団子屋が巳之助に気づいて、

「へい、いらっしゃい」

と、頭を下げた。

「では、また来ます」

小僧は去ろうとした。

「ちょっと、これを忘れていってるよ」

団子屋が銭袋を持ち上げた。

「あっ、すみません」

小僧は受け取ってから、もう一度頭を下げて店を出て行った。

「すみません。お話し中のところ」

巳之助は遠慮して言った。

「いいえ、いいんです。近くの串屋の小僧さんなんで。ところで、何を差し上げましょう」

「団子を買いに来たんじゃないんです。ちょっと、伺いたいことがありまして」

「え？　なんですか」

「二日前の八つ（午後二時）くらいに、この辺りで背の高い綺麗な女を見かけませんでしたか」

「もしかして、あの人ですかね」

団子屋が呟く。

「覚えがあるのですか」

巳之助はすかさず、きいた。

「いえね、さっきの小僧さんと話していたところなんです。私は一昨日《おととい》見かけていなかったのですが、小僧さんがまた見かけたって喜んでいて」

「またっていうことは以前にも見かけているんですね」

「たまに見かけると言っていましたね。あの小僧さん、歳の割にませてましてね。その女に、ほの字だっていうんです」

団子屋がからかうような口調で言う。

「この辺りで見かけているんですかね」

「いえ、神谷町《かみやちょう》の方だったと思いますよ。一昨日はまさか、こんなところで会えるとは思わなかったと言っていました」

「神谷町……」

巳之助は繰り返してから、

「旦那はその女を見かけたことが？」

と、きいた。

「あっしは一度も見たことがないんです。よくあの小僧さんが話に出すから、せっかくだったら見てみたかったのに」

団子屋は笑いながら答える。

ということは、この辺りには普段は現れない掏摸なのだろうか。

巳之助はそんなことを考えながらも、

「その小僧さんはどこのお店ですか」

と、訊ねた。

「伊皿子町《いさらごちょう》の『富士見《ふじみ》屋』というところです。伊皿子坂を上がって行くと、道が二手に分かれるのですが、その右手側の角のところにありますから」

団子屋は手で道順を示してくれた。

「ありがとうございます」

巳之助はそのまま店を出ようとしたが、親切にしてくれたのだからと、懐に手を入れた。

団子屋は何だろうという顔で見る。

「あの、これで団子をいくつか包んで頂けますか」

「へい」

団子屋は木の箱を取り出して、その中から団子を選《よ》りすぐって、竹の皮に五本包んだ。

団子屋はタレがこぼれないようにと、さらに竹の皮をその上に巻く。

「いくらですか」

「銀一匁《もんめ》になります」

巳之助はその分を渡した。

「また来てください」

団子屋に笑顔で見送られ、巳之助は店を出た。それから、言われた通りに伊皿子坂を上る。坂の途中は大名屋敷や寺が建っている。門前町は賑やかであったが、坂に入ると急に人通りが少なくなる。

しばらく進むと、道が二股に分かれた。

右手の角を見ると、古びて薄汚れた建物に、『富士見屋』と剝《は》げかかった文字の看板が掲げられていた。

巳之助は店に入った。

土間にはさっきの小僧が箒《ほうき》を手に持っていた。

「いらっしゃいまし」

小僧は巳之助の顔をじろじろ見て言った。

「あの、さっき、団子屋で」

巳之助が声をかけると、

「ああ、そうでしたね。どこかで見たお顔だなと思ったのですが」

小僧はすっきりしたように、表情が緩む。店の奥は静かで、まるで誰もいないようであった。

「いま旦那さまはお出かけになっていて、番頭さんも近所に用があっていないんです。残っているのはあっしと、もうひとりの小僧なんですけど」

小僧が困ったような顔をした。

「いえ、お前さんに話があって来たんです」

巳之助は小僧を見て言う。

「えっ、あっしに？」

小僧が驚いて声を上げる。

「さっき、団子屋さんから聞いたのですが、一昨日門前町で二十三、四くらいの背の高い綺麗な女を見かけたとか」

巳之助は切り出した。

「ええ、まあ……」

小僧は気恥ずかしそうに頭を掻《か》き、

「なんで、言ってしまうかな」

と、決まりの悪そうな顔をした。

「その女の人を何度か見かけたことがあるそうですね」

巳之助はきいた。

「はい。月に二、三度くらい」

「神谷町の方で見かけるそうですね」

「ええ、神谷町、飯倉町《いいくらちょう》、狸穴町《まみあなちょう》とかですね。あっしが旦那さまや番頭さんの遣いで、よくそちら辺へ行くことがあるんです。そのときによく会いますね。なので、昨日泉岳寺の前で見かけたときには驚きました。どういう方か気になって、思い切って声をかけようと思ったんですが、早足で去って行ってしまったので」

小僧は少し残念そうに言った。

「どちらへ向かって行ったんですか」

「伊皿子坂を上がって行きましたよ。そこから麻布《あざぶ》の方へ……」

小僧はそう言って、言葉を止めた。

「麻布の方へ？」

「多分、そうじゃないかと」

小僧は俯《うつむ》き加減に答える。

「どうして、そう思うんですか」

巳之助はきく。

「いや、まあ、伊皿子坂を上がって行ったら、麻布の方に行くんじゃないんですかね」

「三田《みた》の方に下って行くということも考えられませんか」

「ああ、確かに」

「その女を尾《つ》けたんですか」

もしかしてと思って、きいた。

小僧はぎくりとして、

「わざとじゃないですよ。あっしも古川橋《ふるかわ》の方へ遣いの用があったんです。だから、たまたまなんです」

と、苦し紛れに言った。

「何も責めるわけではありませんから。むしろ、どこへ向かったのかを知りたくて」

「その女が何かやらかしたんですか」

「いえ、そういうわけでは。どこへ向かったかわかりますか」

巳之助は再びきいた。

「田島町《たじまちょう》です」

「田島町？」

麻布田島町は古川に架かる四ノ橋《し》の手前にある。鋳掛屋《いかけ》の仕事で回ることはない地域だが、初めて通りかかったときには、神田日本橋界隈《かんだにほんばしかいわい》に比べると随分と人気《ひとけ》の寂しいところだったのを覚えている。

「『狐《きつね》うなぎ』のすぐ近くにある質屋に入って行きました」

小僧は軽くため息交じりに答えた。

『狐うなぎ』は「江都自慢」という料理屋の見立て番付にも登場する有名な店だ。

「なんていう質屋ですか」

巳之助はきいた。

「『立石屋《たていし》』です」

小僧が教えてくれた。盗んだものを質に入れているのだろうか。いずれにせよ、そこに行けば手掛かりが摑めそうだ。

巳之助は『富士見屋』を出ると、さっそく、麻布田島町へ向かって歩き始めた。

四半刻（約三十分）後、巳之助は田島町に着いた。芝増上寺《ぞうじょうじ》から、七つ（午後四時）の鐘が低く鳴り響いて聞こえてきた。

辺りは大方武家屋敷で、百姓家なども交じっている。

『狐うなぎ』の周囲には、点々としか家は建っていないので、少し離れたところからでも見渡せた。その近くに『狐うなぎ』と同じくらいの大きさの蔵造りの店も見えた。もしかしたら、そこかもしれないと思い、近づいてみると、黒塗りに金の文字で、『立石屋』と書かれた看板が下げてあるのがわかった。

入り口には、地面を引きずるほどの紺色の長い暖簾《のれん》がかかっている。暖簾には白い字で「質」と書かれていた。店の前には真新しい檜《ひのき》の天水桶《てんすいおけ》が置いてあり、そこにも金の文字で『立石屋』と記されている。

巳之助は暖簾を分けて入ろうと思った。

だが、戸が閉まっている。

戸を引いてみたが、まったく動かない。

もう陽《ひ》が落ちかかっているとはいえ、まだ店を閉めるには早過ぎる。

巳之助は『立石屋』を離れ、五町（約五百四十五メートル）程歩いたところにある酒問屋に入った。酒屋の旦那は黒い前掛けをしていて、顔がほんのり赤かった。

「もう店は閉めましたけど」

酒屋は充血した目を細め、頭に手を遣《や》る。

「この界隈は店を閉めるのが早いんですか」

「今日はもう客が来ないと思って閉めたんです。だから、いま試し酒をしていて」

「そうでしたか。実はあそこの質屋を訪ねて来たんですが、閉まっていて」

「ああ、いつものことですよ」

「え？　いつものこと？」

巳之助はきき返した。

「いつも昼過ぎには店を閉めてしまうんです」

酒屋はそう言った後に、しゃっくりをした。

「そんなに早く？」

「どういうわけなのか知りませんがね」

酒屋が不思議そうに首を傾げる。

「あそこの旦那はどういう人なんですか」

巳之助はきいた。

「背の高い、面長で大きな目の三十代後半の方です。でも、普段は番頭風の男が店を切り盛りしています」

「奉公人は何人くらいいるんですか」

「多分、四、五人だと思います。近所付き合いもない人なので、よくわかりませんが」

酒屋は虚《うつろ》な目をして頷いた。何度か連続でしゃっくりをして、こめかみを押さえる。

「昨日、あの店に背の高い女が来ませんでしたか」

「もしかして、つんとしたような綺麗な人ですか？」

「ええ」

巳之助は女のことを見たことがなかったが、橋爪や車町の寿司屋の亭主が言っていることから思い描いて頷いた。

「ちょうど、あっしが『狐うなぎ』に酒を届けに行く途中、通りかかったときに質屋に入って行くのを見かけました」

「その女は質屋によく来ているんですか」

「ええ、たまに見かけますよ」

「名前は知りませんか」

「いえ、そこまでは」

「何か変わった様子はありますか？」

「いつも風呂敷を抱えています」

「風呂敷を……」

巳之助は繰り返した。

他にも色々と訊ねてみたが、特に得られることはなかった。それから、巳之助は礼を言って、店を後にした。

背の高い綺麗な女掏摸は、質屋に盗んだものを売っていたのか。いずれにせよ、この質屋は掏摸の一家が何かに使っているのかもしれない。

この質屋について調べようと思って、この日は帰った。

それから数日間、掏摸の女と質屋について探ってみたが、目ぼしいことはわからなかった。

巳之助はあまり人に頼み事をしたくなかったが、仕方ないと腹を決めた。

三

もう陽がすっかり落ちていて、道端の枯れ木が大きく揺れている。水戸《みと》藩下屋敷の灯りが見えるくらいで、他は暗かった。

夜にこの辺りに来ることはなく、田圃《たんぼ》のあぜ道なので、少し戸惑いながら小春の住む小屋にやって来た。

小屋の前に立つと、中から微かに男と女の話し声が聞こえてきた。

巳之助は戸を叩いた。

「………………」

声が止まり、息を潜《ひそ》めているのがわかった。

「巳之助だ」

そう言うと、中から足音がして、引き戸が開いた。

小春が目を丸める。

「あら、珍しい」

小屋の奥で、浅草駒形町《あさくさこまがたちょう》に住む博徒、韋駄天《いだてん》の半次《はんじ》が火鉢の前に胡坐《あぐら》をかいて座り、暖を取っていた。半次は二十七、八で面長の、耳が横に大きく張っていて、背が高く、脚が長い。

巳之助が半次と目が合うと、半次は嬉しそうに手を上げた。

「ちょっと、ききたいことがあるんだ」

「まあ、寒いから中に入れ」

巳之助は土間で履物を脱ぐと、部屋に上がった。

「ここに座れよ」

半次が自分の横を叩いた。

巳之助はそこに腰を下ろし、

「お前さんたち、一緒に住んでいるのか」

と、きいた。

「冗談じゃねえ」

半次は吐き捨てるように言う。

「ほんとよ。誰がこんな奴なんかと」

小春も言い返す。

「じゃあ、どうしてこんな夜に一緒にいるんだ」

巳之助はきいた。

「たまたま、水戸藩の下屋敷の中間部屋で賭場があったから寄っただけだ」

「この人、負けたみたいで、ずっと泣き言を聞かされていたの」

小春が呆《あき》れるように言った。

「泣き言じゃねえ。向こうがいかさましたんだ」

半次が向きになる。

（またいつものが始まった）

巳之助は心の中で思いながら、

「小春、芝の方の掏摸の事情はわかるか」

と、訊ねた。

「まあ、少しなら」

「あっちの方に、背が高い綺麗な女掏摸がいないか」

巳之助はさらにきいた。

「確か、松之助《まつのすけ》さんのところに……」

小春はこめかみに人差し指を当てて答えた。

「松之助？」

巳之助はきき返す。

「表向きは『仙台屋《せんだいや》』という道具屋を営んでいる男だけど、相当腕の立つ掏摸よ。そう、女はお駒《こま》っていったかしら」

「お駒……」

巳之助は忘れないように繰り返した。

「おいしい話があるなら、俺も加わらせてくれ」

半次が身を乗り出す。

「いや、金になる話じゃない」

巳之助が半次の目を見て首を横に振ると、半次は「なんだ」とつまらなそうに体を戻して、酒を呑《の》み出した。

「何を調べているのよ」

小春が興味を示す。

「大したことはない」

「いいから教えてよ」

小春は引き下がらなかった。半次もつられて、「俺たちに隠し事をするなんて、水臭《みずくせ》えじゃねえか」と、口を尖《とが》らせた。

「嘘ね、何を隠しているのよ」

小春が巳之助の袖を引っ張った。

「本当に大したことじゃない」

巳之助は振り払う。

だが、小春はまた袖を摑み、

「そっちから訪ねて来ないのに、今日に限っておかしいじゃないの。ねえ、何なの？」

小春は体を寄せて来る。

巳之助が目を逸《そ》らすと、覗き込んで目を合わせようとする。

巳之助はため息をついてから、

「俺の親しくして頂いている御家人が芝車町で掏摸に遭ったんだ。それが女掏摸だっていうんで、探している。その御家人は自分のことよりも困った人を助けたいというような優しいお方なんだ」

と、言った。

巳之助は立ち上がろうとした。

「でも、おかしいわね」

小春が首を捻《ひね》る。

「何がおかしいんだ」

巳之助がきく前に、半次が口を挟んだ。

「松之助さんのところは、悪いことをして稼いでいるような人たちからしか物を掏《す》らないことで有名なの。どこかの商家の旦那ならまだしも、金のない御家人を狙うなんて、ちょっと考えられないわ」

小春が巳之助と半次を交互に見る。

「でも、掏摸をするくらいだ。もう誰でもいいんだろう」

半次が鼻で笑う。

「そんなことないわ。ちゃんと、この道にだって道理はあるのよ。松之助さんは筋の通らないことは嫌いな人よ」

小春がきっぱりと言う。

「松之助のことをよく知っているのか」

巳之助はきいた。

「よくというわけではないけど……」

小春が一瞬言い淀《よど》んだ。

「でも、松之助をやけに持ち上げるじゃねえか」

半次がまた口を挟む。

「まあ、いいじゃない」

小春は誤魔化《ごまか》そうとした。しかし、半次は納得いかないように、「松之助の女だったんじゃないのか」と持ち出した。

「そんなわけないでしょ」

小春はあしらうように言い返す。

「ともかく、何か事情があるはずよ。たとえば、好きな男に金を貢ぐためとか……」

小春は半次を無視して、巳之助に語りかけた。

「そうだな……」

巳之助は首を捻った。

「よし、俺も手伝ってやろう」

半次が意気込んで言う。

「それには及ばない」

巳之助は断る。

「そんなこと言うなって」

半次が巳之助の肩を叩いた。

「そうよ、また一緒にやりましょう」

小春が巳之助の膝に手を置き、真っすぐ見つめてくる。

「すまない。ひとりでやる」

巳之助は立ち上がり、土間に向かった。

「おい、そりゃねえだろう」

半次が拗《す》ねたように言って、付いて来る。巳之助は土間に降り、構わず履物に足を通した。

「半次、大丈夫よ」

小春が慰める声が背中で聞こえる。

「なんでだ」

「だって、いつも何だかんだで一緒にやっているじゃない。今回もそうなるわよ」

小春が余裕のある声で言う。

巳之助は振り返り、「色々教えてくれて助かった」と軽く頭を下げて、外に出た。

冷たい風が音を立てて吹き付けた。小屋の中からは、半次と小春が言い争うような声が聞こえる。

巳之助はいつも変わらないふたりに、ふと温かい心になりながら、小屋を離れて行った。

四

八つ半（午後三時）過ぎ、雲ひとつない澄んだ青空の湯島切通《ゆしまきりどおし》に、木枯らしが吹きすさぶ。

風を正面から受けて、左頬の古傷が痛む。松永九郎兵衛《まつながくろべえ》は顔をしかめた。三十歳で、目つきが鋭く屈強な体つきで、白い着物に太い縞の袴を穿《は》いている。

「松永さま、あそこです」

先を歩く味噌問屋『茅乃屋《かやの》』の通い番頭が、坂を上がり切ったところにそびえる白壁の立派な蔵造りの商家を指した。

九郎兵衛と番頭は、神田紺屋町《こうやちょう》の蕎麦屋で出会った。

仲間の半次と刀の話をしていると、突然この番頭が近づいて来て、「もしよろしければ、今度うちの隠居の刀を見て頂けませんか」と言われた。

詳しくきいてみると、隠居は刀が好きで集めているという。しかし、自身では目利きが出来ないので、近所に住む浪人に頼んでいた。近ごろその浪人が急に病で倒れて、死んでしまったという。代わりの者を探してくれと頼まれていたが、あいにく刀の目利きが出来る知り合いがいないので困っていた。そんなときに、たまたま九郎兵衛と半次が刀の話をしているのを耳にして、声をかけてきた。

番頭の身なりも良かったし、小遣い稼ぎに良いだろうと、九郎兵衛は引き受けることにした。

坂を上がると、三間（約五・四メートル）ほどある間口を入った。

土間には樽が積まれており、手を茶色くした紺色の前掛けの男たちがその上に、さらに別の樽を載せていた。

九郎兵衛は履物を脱いで上がると、番頭の案内で廊下を何度か曲がり、奥の部屋の襖の前で立ち止まった。

「ご隠居。松永さまがお越しです」

番頭が襖を開ける。

中には小太りで、白髪頭の人の好さそうな六十男が正座をして待っていた。部屋の奥には庭が見え、こもを巻いてある曲がりくねった黒松が姿を覗かせていた。

九郎兵衛は隠居の正面に腰を下ろした。

隠居の膝の横には、一尺三寸（約四十センチ）ほどの細長い紫色の剣袋《けんぶくろ》が置いてある。

「わざわざお足を運んで頂き、ありがとうございます。先日、池之端《いけのはた》の骨董屋《こっとうや》に行ったときに買った脇差《わきざし》があるのですが、本当に価値のあるものなのか調べてもらいたいのです」

隠居はゆっくりした口調で、深々と頭を下げ、

「さっそくではありますが」

と、剣袋から脇差を取り出し、九郎兵衛の前に置いた。

「失礼」

九郎兵衛は脇差を受け取る。

鞘《さや》は朱の漆塗りに、雲の模様が描かれている。どこかで見たような気がして、じっと見つめていた。

「どうされましたか」

隠居が心配そうに、九郎兵衛の顔を覗き込む。

「いや、何でもない」

九郎兵衛は懐紙を口に挟んでから、鞘から刀を抜き、天井に向かって掲げた。

内庭から差し込む陽光で、刃が光を放つ。

刃文《はもん》は不定形に乱れる互《たがい》の目で、刃境には二重に乱れているように太い沸筋《にえすじ》が交

じっていた。

（もしや、これは）

九郎兵衛は脇差を鞘に仕舞って、柄《つか》を見た。

柄に、浪《なみ》に燕の家紋が印してある。

「これをどこで手に入れたんだ」

九郎兵衛はきいた。

「骨董屋から買ったんでございますが……」

「どこの骨董屋だ」

「池之端の店なんですが、新しい品物が入る度に私のところに見せに来るんです。この脇差はつい最近手に入ったものだと言っていました」

「最近手に入っただと？　いつ仕入れたのか知っているか」

「十日ばかし前だと言っていました」

「そうか。これは俺の知り合いのものかもしれぬ」

「えっ、お知り合いの？」

「少しばかり、預かってもいいか？」

「預かる？」

隠居は少し戸惑ったように言い返した。

「別に盗んだりはしない。ただ、この刀がもし知り合いのものだとしたら、その者に何かあったに違いない。それが心配でならぬのだ」

九郎兵衛は真剣な表情で訴えた。

「わかりました。私も、骨董屋の言うことが少し腑に落ちない点がありましたので」

隠居は納得したように、九郎兵衛に任せた。

九郎兵衛は隠居から脇差を受け取り、

「では、拙者はこれで。何かわかり次第、伝えに来る」

『茅乃屋』を出て、池之端の骨董屋へ行った。

骨董屋は池之端仲町《なかちょう》の外れにあり、古びて薄暗いところであった。主人と思われる五十過ぎの内気そうな男が茶器を磨いており、九郎兵衛が店に入るなり身構えたように「いらっしゃいまし」と頭を下げた。

九郎兵衛は「これの件だ」と脇差を見せた。

主人は食い入るように脇差を見つめながら、

「『茅乃屋』の隠居に売ったものでは……」

と、呟いた。

「そうだ。その隠居から預かってきた」

九郎兵衛は言い放ち、

「これをどこで手に入れたのだ」

と、問い詰めるようにきいた。

「十日ばかり前にやって来た男から買ったものでございます」

主人の声が微かに震えていた。

「その男というのは？」

野太い声できき返す。

「えーと、少々お待ちください」

主人は慌てて帳面を取り出して、頁を捲《めく》った。

「下駄屋の奉公人です」

「何という店だ」

「今戸町《いまどまち》の『草野屋《くさの》』で、名前は隈太郎《くまたろう》です」

主人が声に出して読む。

「住まいは？」

「同じく今戸の市右衛門店《いちえもんだな》に住んでいると」

主人は帳面に目を落としたまま答える。

「どうしてこんなものを持っていたか、きいたか」

「はい。何でも旦那が急に入り用になったそうで」

「旦那の入り用？　それに、こんな価値のあるものを売るのか」

「それぞれ事情はあるでしょうから……」

主人は弱ったような声で言う。

九郎兵衛は納得出来なかったが、骨董屋を出た。

池之端を出て、浅草寺《せんそうじ》の前を通り、吾妻橋《あずまばし》の手前を曲がり、大川《おおかわ》（隅田川）沿いを進んで今戸へ行った。この辺りに以前よく来ていた蕎麦屋があった。

その蕎麦屋に入り、顔見知りの店主に『草野屋』のことを訊ねた。

「『草野屋』なんていう下駄屋は聞いたことがありませんが……」

と、不思議そうな顔をされた。

「聞いたことがないだと？　では、市右衛門店という長屋は？」

「それもどこか違うところだと思いますけど」

池之端の骨董屋に脇差を持って来た隈太郎と名乗る男は嘘をついていたのだろう。脇差を手に入れる過程で何か不都合な点があるに違いない。

九郎兵衛は蕎麦屋を出ると、念のために『草野屋』がないか探してみたが、見つからなかった。隈太郎が嘘をついていることは明らかだ。

秋月《あきづき》の身に何か不吉なことが起こっていないか、さらに不安になった。

陽が落ちて足元が暗くなっていた。駒形堂《こまがたどう》の裏手の路地を入って行くと、三軒長屋が見える。そこの一番奥の家の腰高障子からは灯りが漏れていた。

九郎兵衛は近づき、戸に手をかけた。

いつもはすんなり開くはずなのに、戸がつっかえている。

九郎兵衛は、「半次、俺だ」と扉を叩いた。

「ちょっと、待ってください」

中から甲高い男の声がして、すぐに腰高障子が開いた。韋駄天の半次が笑顔で現れた。

「すみません、ちょっと戸の具合が悪くて」

半次が軽く頭を下げてから、

「三日月《みかづき》の旦那。ちょうど、よかった」

「なにがよかったんだ」

「まあ、ゆっくり話します。寒いでしょう、さあ、中に」

半次が招いた。

九郎兵衛は部屋に上がり、腰を下ろすと、半次が火鉢を寄せた。

「旦那、何かおいしい話ですかい」

半次が笑顔できいてくる。

「いや、金になるわけではないが、ちょっと調べてもらいたいことがある」

「えっ、金にならねえのに？　旦那にしちゃ珍しい……」

半次が首を傾げる。

「俺の昔の仲間に関することだ」

「昔の仲間？　もしかして、一緒に商家に押し入った浪人のことですか？」

「いや、その仲間ではない。丸亀藩にいた頃のだ」

九郎兵衛は答え、腰から脇差を抜いて、半次の前に置いた。

さらに続ける。

「これは湯島の『茅乃屋』の隠居が持っていたものだ。俺に目利きを依頼してきたんだが、この刀は紛れもなく越冬青江《えっとうあおえ》だ」

「越冬青江？」

「大坂冬《おおさかふゆ》の陣で武功を挙げた豊臣《とよとみ》方の武将が持っていたということから名づけられた刀だ。その後、京極《きょうごく》家に伝わり、秋月の先祖が新田開発で功を挙げたことにより、秋月家に渡った。いまではあいつの愛刀になっている」

九郎兵衛は淡々と言った。

「秋月の愛刀がどうして、『茅乃屋』の隠居の元に？」

「隠居は池之端の骨董屋から手に入れたのだ。骨董屋は今戸の下駄屋『草野屋』の奉公人の隈太郎から買ったという。だが、『草野屋』というのはそもそもなかったんだ」

九郎兵衛は言葉を伸ばした。

「もしかして、秋月は殺されたんじゃ？」

半次がおどろおどろしい声を出す。

「わからねえ。それをお前に確かめてもらいたいんだ」

「確かめるっていっても、あっしに丸亀藩の知り合いはいませんぜ」

「いや、お前は賭場に出入りしているだろう。丸亀藩の中間部屋でも、賭場は開かれているはずだ」

「いきなり知らねえ賭場に行くのはどうも……」

半次は首を傾げる。

「いままでだって、知らねえ賭場に行ったことくらいあるだろう」

「ですけど……」

半次が顔をしかめて渋った。

九郎兵衛は懐から一両を取り出し、半次の前に放り投げた。

半次はすかさず一両を拾い、

「ありがとうございます。助かりますぜ」

と、大事そうに懐に仕舞った。

九郎兵衛はその滑稽な様子に、思わず鼻で笑った。

「貧乏臭いとお思いでしょうが、いま懐が寒かったんです。この間、水戸藩の下屋敷の中間部屋ですっからかんになっちまったんです」

「水戸藩の下屋敷……。それじゃあ、帰りに小春のところへ寄ったな」

「ええ、まあ、近いんで。しばらく会っていなかったんで」

「嘘つけ。ちょくちょく会っているそうじゃねえか」

「えっ？」

半次が驚いたように声を出す。

「この間、三津五郎《みつごろう》が言っていた」

役者のような良い顔を利用して、女を騙《だま》して金を巻き上げる、通称浮名《うきな》の三津五郎のことだ。

「三津五郎が旦那のところを訪ねて来たんですか？」

「ああ、何か面白いことやらねえかって」

「何かやるんですか」

「いや、俺も近頃はめっきり稼げそうな話もないからな」

九郎兵衛は軽くため息をついた。

「三日月の旦那も随分と丸くなりましたね」

「丸くなっただと？」

「ええ、前は金になりそうな話を探し回っていたじゃありませんか」

「探し回ったって、どうせ大したことにはならない。果報は寝て待て、と言うだろう」

九郎兵衛は諭すように言った。

「そういや、小春のところで巳之助に会いました」

半次が思い出したように言った。

「巳之助って、あの？」

「ええ、神田小僧の巳之助ですよ」

「あいつが小春のところに行くなんて、一体何があったんだ」

九郎兵衛は身を乗り出してきいた。

「知り合いの御家人が掏摸に遭ったそうで。それで、盗まれたものを探しているんだとか」

「掏摸か」

思ったより小さな話で、期待外れであった。

「まあ、あいつはそういう奴だからな。義理や情に動かされるんだ」

九郎兵衛はため息交じりに言う。

「旦那だって、昔の仲間を助けようとしているんじゃねえんですか」

半次がきく。

「俺は違う」

九郎兵衛は否定する。

「ともかく、あっしはさっそく、丸亀藩の中間部屋に行って来ます」

半次が立ち上がった。

「旦那はどうするんです？」

「俺は隈太郎という男を探してみる」

九郎兵衛も立ち上がり、

「何かわかったら、俺のところへ来てくれ」

と、長屋を後にした。

寒風に吹かれながら、九郎兵衛は堂々とした足取りで夜の駒形町を去って行った。

五

麻布《あざぶ》山善福寺《さんぜんぷくじ》の門前で、「いかけえ、いかけ」と声をかけながら歩いていると、その花屋の前で「ちょっと、鋳掛屋さん」と店の中から若い男の声で呼び止められた。

巳之助は店に近づき、

「へい、御用でございますか」

店の中を覗くと、樒《しきみ》がたくさん積んである土間に、三十前後の紺色の袷《あわせ》を着た男が下りて来た。

「ちょっと裏手に回ってくれますかい。今朝、女中が鍋が壊れたって言っていたんですよ」

「かしこまりました」

巳之助は店の脇の細い路地を通って、裏手に回った。

しばらく裏口で待っていると、鍋を手にした若い女中がやって来た。

巳之助は道具箱を置き、女中から鍋を受け取った。

随分と使い古されているようで、鍋尻には炭が溜まっていた。

「長く使われているようですね」

巳之助はふいごで火を起こしながら言った。

「はい、うちの旦那さまがかなりの倹約家でして」

女中が苦笑いする。

「旦那さまというと、さっき店先にいた方ですか」

「いいえ、あれは番頭さんです」

「そうでしたか。あっしはこちらの方には滅多に回って来ないものでして」

巳之助は火を起こして、はんだで鍋の補修をしながら、よもやま話を続けた。

頃合いを見て、

「この辺りに、『仙台屋』があるとお聞きしたのですが、どの辺りなのでしょう」

と、切り出した。

「仙台坂の途中の、路《みち》にまで伸びている銀杏《いちょう》の木があるところです。すぐにわかると思います」

女中が教えてくれた。

やがて鋳掛が終わり、代金を貰って、花屋を後にした。

巳之助は門前元町《もんぜんもとちょう》を通って、仙台坂の上から見下ろした。右手には町家が軒を連ねて、左手には広大な仙台藩の下屋敷が見える。

坂の途中には、女中の言っていた通り、黒い塀から枝ぶりのよい木が飛び出して、頭上を覆っている店が見えた。

巳之助は「いかけえ、いかけ」と声を上げながら、そこに向かって進んだ。黒塀を少し先に行くと、『仙台屋』の看板が見えた。綺麗なこざっぱりした店構えだった。

巳之助はその前で立ち止まった。

紺色の暖簾がかかっていて、中は薄暗くて見えなかった。

しばらく店の前で立っていると、坂の下から二人連れの商人風の男が上って来るのが見えた。ひとりは背の高い、面長で大きな目の三十代後半の粋な着流しの男で、もうひとりは小柄ですばしっこそうな若い男であった。

巳之助は門の前から立ち去り、坂を下った。

途中でその二人とすれ違うとき、

「さっき、何を見ていたんです？」

背の高い男が、低いが澄んだ声できく。言葉に妙な鋭さがあった。

「こんなところに立派な道具屋さんがあったんで」

巳之助は落ち着いて答える。

男は巳之助を頭のてっぺんから足のつま先まで舐《な》めるように見てから、

「お前さん、鋳掛屋のようですね」

と、言った。

「ええ、普段は日本橋神田界隈を回っているのですが、近ごろ何故かあの辺りに鋳掛屋が増えてきまして、新たな場所を探そうとこちらに今日初めてやって来たんです」

巳之助は淡々と答える。もしも、怪しまれたときには、そのように答えようと、予め用意していた。

「さいでげすか。よかったら、今度うちにも寄ってみてくだせえ」

腰は低いが、男には妙な威厳があった。

「ええ、どちらでも。お宅はどちらで？」

巳之助はきいた。

「さっき、お前さんが見ていた、あそこです」

男は人差し指をぴんと張って、示した。

「それは知らずに失礼致しました」

巳之助は驚いた風に謝ってみせた。

「いいえ、お前さんのような方はよくいらっしゃる。ここは何だろうと思うのは当たり前のことかもしれません。まあ、明日にでも来てください。ちょっと、直してもらいたいものがありましてね」

「へい、もちろんでございます。いつ頃がご都合よろしいでしょうか」

「昼間であればおりますので」

「かしこまりました。念のために、お名前を頂戴してもよろしいですか」

「松之助《まつのすけ》です」

「松之助さんでございますね。へい、承知致しました。あっしは巳之助と申します」

ふたりの間に、つむじ風が吹いた。それを合図のように、「では、足をお止めしてすみませんでしたね」と、松之助は軽く頭を下げてから坂を上って行った。

巳之助は振り向いて、松之助と若い男を見送った。

若い男が松之助に、「直す鋳物なんてありましたっけ?」と言っている声が微かに聞こえる。松之助は何か答えていたが、巳之助には聞こえなかった。

(あれが松之助か。思っていたより大物のようだ)

松之助がただ鋳掛を頼みたくて呼んだのか、それともさっき門を見ていたことで怪しまれたのか、どちらなのかわからず、心が落ち着かなかった。

巳之助が仙台坂を下り終えたときに振り返ると、もうすでにふたりの姿はなかった。

どこからか鈍い鐘の音が聞こえてきた。

翌日の昼前、巳之助は麻布仙台坂の『仙台屋』へ赴いた。勝手口の戸を開け、

「鋳掛屋の巳之助でございます」と声をかけた。

すぐに廊下から足音が聞こえると、昨日松之助と一緒に歩いていた背の低いすばしっこそうな奉公人の男がやって来た。

「あ、巳之助さんでございますね」

男はやや高い声で言った。

「ええ。直してもらいたいものがあると仰《おつしや》っていたので」

「蔵にありますんで。お連れ致します」

巳之助は奉公人に従い、裏庭に案内された。奥には蔵が建っており、そこへ行った。その蔵には丈夫そうな錠がかかっている。

思わず見ていると、

「どうかされました？」

奉公人がきいてきた。

「いえ、何でもございません」

巳之助は動じずに答える。

奉公人は鍵を差し込み、錠を外した。

重たそうな扉を両手で開け、「ちょっとお待ちください」と、中に入り、すぐに戻って来た。手には茶道で使われる真形釜《しんなりがま》があった。縁の一部が大きく欠けていた。

「これなんですけどね」

奉公人に釜を手渡され、巳之助は受け取った。ずしりと重たい。

模様などがなく、一見地味に見えるが、安物には見えなかった。

「これはどうしたんです？」

「数年前、親分がどっかの商家から仕入れたものです」

「親分？」

巳之助はすかさずきいた。

わざとなのか、それとも口が滑っただけなのか、男は「いえ」と首を横に振った。

「失礼ですが、親分といいますと？」

巳之助はさらにきいた。

「いえ、旦那さまのことです。ちょっと、間違えたまでで」

奉公人は顔をしかめ、

「それより、これをうまく直せそうですかね」

と、きいてくる。

「ええ、ここに合うような形の鉄を嵌《は》めればいいだけですから。ただ、どうしても色合いが新しくなってしまいますが」

巳之助は断りを入れた。

「構いませんよ。ちょっと、あっしは外しますが、少ししたら戻って来ます」

奉公人はその場を離れた。

巳之助はしゃがみ込み、ふいごで火を起こし、鋳掛に取りかかった。

蔵にあったものはどうしたのだろうか。全て盗品なのだろうか。それとも、松之助は古物が好きで、よく集めているのだろうか。

そんなことを考えながら、仕事をしていると、さっきの奉公人と共に、松之助がやって来た。

松之助は巳之助の近くで足を止めるなり、腰を屈《かが》めた。

「昨日の今日で来て頂いて、ありがとうございます。なかなか巧《うま》くやってくれますね」

「恐れ入ります。まだ熱いので、触れないでくださいませ」

巳之助は注意した。

松之助は軽く頷いてから、懐に手を入れ、指二本分の厚みのある紫色の袱紗《ふくさ》を手渡して来た。

「これは？」

巳之助は手を付けずにきいた。

「鋳掛の代金です」

松之助は当たり前のように言う。

「そんなしませんよ」

巳之助は答えた。

「中身を見ないで、どのくらい入っているのかわかりますか」

松之助はわざとらしく、目を丸めて言った。

「…………」

巳之助はそれには答えず、

「今回は初回なので、お代は結構でございます。またこの辺りにはちょくちょく参りますので、ご用のときに使ってください」

と、告げた。

「また是非お呼び致します」

松之助も深々と頭を下げる。

「ところで、こちらのお店に奉公人はどのくらいいらっしゃるのですか」

「十人程ですが、どうして？」

「いえ、あっしも鋳掛の仕事をしていますが、古い物が好きなので、いつか店を開きたいと思っています」

巳之助は咄嗟《とっさ》に作り話をした。

それから続けて、

「古道具屋に女の奉公人を置いたりはしないのですか」

と、きいた。

「いえ、うちにもひとりいますが」

「そうですか。あっしも出来れば女房と一緒に店を持ちたいのですが、女房は女がこういう店にいても客が嫌がると思い込んでいるんでございます」

巳之助は松之助の顔色を窺いながら話した。

「そんなことはありませんよ。うちにいる女の奉公人は、むしろお客さまの受けがよろしいですよ」

「そうですか。女房に聞かせてやりたいです」

巳之助は笑みを作り、

「今度、その方にお話を聞かせて頂いてもよろしいでしょうか？　女房を説得するのに、色々と聞いておきたいんです」

「ええ、構いませんよ」

松之助はあっさりと言う。

「ちなみに、その女の奉公人は何という方ですか」

「お駒です」

「お駒さん。ちゃんと、覚えておきます」

小春が言っていた女の名前だ。

巳之助はふいごや道具箱を片付けて、『仙台屋』を去った。

それから、「いかけえ、いかけ」と声を出して仙台坂を下って行った。門前西町《にしちょう》に差しかかった辺りで、路地から若いおかみさんが出て来て、「ちょっと、鋳掛じゃないんだけど、包丁を研《と》いでもらえるかしら」と声をかけてきた。

「ええ、もちろん」

「じゃあ、こっちに来てくださいな」

巳之助はおかみさんの後に続き、路地に入り、長屋木戸をくぐった。とば口の家の戸を開けて、土間に足を踏み入れる。部屋にはせんべい布団が敷いてあり、赤子がすやすやと眠っていた。

おかみさんは小さな台所に置いてあった出刃包丁を手に取り、

「包丁を自分で研いでみようと思うんですけど、研ぐときの音が嫌で……。それに、うちの子がその音で泣き出してしまいますし……」

と顔をしかめ、柄《え》の方を巳之助に向けて差し出した。

巳之助は受け取り、刃に軽く指を当てた。しばらく研いでもいないのだろう。台所を見渡すと、中砥石《なかといし》が無造作に置いてあった。

「嫌な音が出るのは、石に十分に水を含ませていないからですよ」

巳之助はそう言い、

「盥《たらい》はありますか」

と、きいた。

「はい」

おかみさんが上がり框《がまち》に膝を付き、部屋に手を伸ばして盥を取った。それを巳之助に渡す。

石からは小さな泡が出てくる。

さらに、道具箱から仕上げ石を取り出して盥に入れた。

「しばらくしたら泡が出なくなりますので、そうしたら、研いでも平気です」

巳之助が教えると、おかみさんは驚いたように大きく頷いた。

石は泡を出し続ける。

「この辺りにはよく来られるのですか」

おかみさんがきいた。

「いえ、昨日初めて回って来ました。普段は神田や日本橋の方におります」

「そうでしたか。私も昔は久松町《ひさまつちょう》に住んでいたんです。もうこっちに越してきてから五年は経ちますが」

「久松町？　あっしはいま久松町に住んでいるんですよ」

そんなことで盛り上がり、

「そういや、仙台坂を上る途中にある『仙台屋』の松之助さんに呼ばれたんですが、御主人はどんな方か知っていますか」

巳之助は知らぬ素振りできいた。

「貧しい長屋の者たちに食べ物や着る物をくださるんです。私も亭主とは死に別れて、内職で貧乏暮らしをしているので、よくお世話になっています」

おかみさんは有難そうに語った。

巳之助の頭の中に、松之助の顔が浮かぶ。確かに、皆に慕われそうな男である。心根がしっかりしていそうな雰囲気はあった。

だが、橋爪のような小身の貧しい武士から掏摸を働いている。そこがどうにも引っ掛かる。

盥を見てみると、砥石から泡が出なくなってきた。

巳之助は砥石を取り出し、出刃包丁の刃を少し立ててから研ぎ始めた。

おかみさんの言っていた嫌な音は出ない。

「どうです?」

巳之助はおかみさんをちらっと見た。

「いやあ、すごいですね」

おかみさんは感心していた。

素早い手業ですぐに終わり、懐から懐紙を出して、切れ味を試した。

懐紙は綺麗に真っ二つに裂けた。

巳之助は出刃包丁をおかみさんに返した。

おかみさんは赤い布の財布を取り出し、代金を払う素振りをしたが、「いえ、こちらは大丈夫ですので」と断った。

「でも、そういうわけにはいきませんので……」

おかみさんは戸惑う。

「ほんの気持ちです。実はさっき、松之助さんのところで仕事をしたら余分に貰いまして。なので、結構でございます」

巳之助は理由をつけて断った。

「そうですか。『仙台屋』の旦那が……」

　おかみさんは考え込んだ。

　それでも迷っていたが、終《しま》いには「ありがとうございます。では、お言葉に甘えて」と、財布を引っ込めた。

「そういや、松之助さんのところにお駒さんという方がいますよね」

　巳之助はふと思い出したように装って言った。

「ええ、あの背の高くて、綺麗な」

　おかみさんはすぐさま答える。

　芝車町の女掏摸と特徴が重なる。

「どんな方なのですか」

　巳之助はきいた。

「とても気さくで、いい人ですよ。よく使わなくなった着物なんかを持って来てくれたり、お米なんかも只でくれたりするんです」

「只で？」

「私の暮らしを見て、不憫に思ってくださっているのでしょうか。ともかく、感謝しているんです」

そのとき、部屋で寝ていた赤子が突然泣き出した。

「すみません」

おかみさんは巳之助に断って、部屋に上がった。

「お邪魔しました」

巳之助は長屋を後にした。

おかみさんに着物や米を施しているのは、掏摸をしていることへの罪滅ぼしなのだろうか。

お駒について思いを巡らせながら、帰途についた。

第二章　疑惑

一

夜の四つ（午後十時）も過ぎた頃、犬の遠吠えがする。部屋の中からでも、木枯らしの吹き付ける寒々しい音が聞こえる。

九郎兵衛は火鉢の脇に腰を下ろし、傍《そば》に酒を置いて半次を待っていた。その間、愛刀の三日月を磨いていると、やがて腰高障子に影が映った。

「三日月の旦那」

半次の声がする。

「開いている」

九郎兵衛は三日月を鞘に仕舞って答えた。

半次が戸を開けて入って来ると、一緒に冷たい風も部屋の中に舞い込んだ。

「今日はやけに冷えますぜ」

半次は少し鼻にこもった声で、手を擦りながら、火鉢の前に座った。

九郎兵衛は猪口《ちょこ》に酒を入れて、半次に差し出した。

「やあ、ありがてえ。頂きます」

半次はくいっと呑み干し、

「旦那、もう一杯頂きますぜ。あとは手酌で」

と、注いだ。

「何かわかったか」

九郎兵衛は片膝を立ててきいた。

「さっき、丸亀藩の賭場に行きました。十五人くらい居ましてね、丸亀藩の中間は三人でした。その中のひとりに、秋月のことを知っているかきいたんです。そしたら、秋月はふた月前に江戸にやって来たが、十日ばかし前から行方がわからないと家来たちが噂していたと言っていました」

半次は鼻声で言った。

「何かがあって、急遽《きゆうきょ》丸亀に帰ったとも言えなくはないが……」

九郎兵衛が酒を口に含みながら考える。

「でも、越冬青江の刀のこともありますからね。ちょっと、臭いですね」

半次は嬉しそうに言う。

「仮にも俺のかつての盟友だ。もしものことがあったら、笑い事じゃない」

九郎兵衛が叱りつけるように言うと、半次は顔を引き締め、軽く頭を下げた。九郎兵衛は酒を半次に注いでやる。

「中間は他に何か言っていたか」

九郎兵衛がきいた。

「いえ、それ以上のことは……」

半次は首を横に振った。

「そうか」

九郎兵衛は低い声で答えてから、

「それにしても、その中間は初めて会ったお前に、よくそんなことを喋《しゃべ》ったな」

と、つくづく感心した。

「まあ、ちょっと……」

半次は、にたりと笑う。

「前よりも口が巧くなったのか」

「ええ。女を口説くのは得意じゃありませんがね」

「そうだな」

九郎兵衛は頷く。

「ちょっと、旦那。冗談で言ったのに、本気で取っちゃ困りますぜ。少々金を渡したんですよ」

半次が笑いながら言い、

「これから、どうすればいいんです？」

と、きいてきた。

「江戸上屋敷に北田《きただ》鹿之助《しかのすけ》という二百石十五人扶持《ぶち》の男がいる。こいつが秋月と仲が良かったはずだ。そいつと親しくなって探るんだ」

「わかりやした。で、旦那は何をするんです？」

「俺はお前が調べて来るのを待っている」

「えっ、何も動かないんですか」

「丸亀藩には顔を知られている。下手に動けない」

九郎兵衛は撥《は》ねつけるように言った。

「そうでしょうけど……。旦那、一体丸亀藩で何をやらかしたんです？」

半次が興味深そうにきいてきた。

「………」

九郎兵衛は聞こえない振りをして、自分の猪口を空にして、「もっと呑め」と半次に注いだ。

半次は猪口を持ちながら、九郎兵衛の酌を受けた。

くいっと呑み干すと、

「旦那、教えてくださいよ」

半次はしつこくきいた。

「面白くもねえ話だ」

九郎兵衛が吐き捨てるように言う。

「構いませんよ。いっつも不思議に思っていたんだ。旦那は何をやらかしたんだろうって」

「どうでもいいだろう」

「いえ、教えてください」

半次は引き下がらなかった。

九郎兵衛は遠い目をした。

まだ九郎兵衛も二十歳《はたち》そこそこだった。元はといえば、相手から仕掛けてきたことだ。若気の至りで、ついかっとなって殺してしまった。しかし、後悔しても仕方がない。あのまま田舎の武士でいるよりも、江戸で浪人をしている方が肩身の狭い思いをしないで済む。そう思い込んでいた。

そう思って、改めて半次の顔を見たが、いざ言おうとすると、口が開かない。

「旦那、あっしを信じてくれねえんですか」

半次が少し不満げな顔をする。

「いや、そういうわけじゃねえが」

九郎兵衛は口に酒を含んだ。

酒を喉に通して、息を整えてから、

「俺はな、丸亀で朋輩《ほうばい》の沖貞弘《おきさだひろ》という男を殺したんだ」

と、重たい声を出した。

半次は一瞬びくっとしたが、ふと笑みを漏らした。

「何が可笑《おか》しい？」

九郎兵衛がきく。

「旦那は今まで何人も殺してきているでしょう。それなのに、そんなにおどろおどろしく言わなくたっていいじゃありませんか」

半次が半笑いで言う。

「それが、初めての人殺しだ」

九郎兵衛は硬い表情のまま告げた。

「へえ、初めてのねえ」

半次が九郎兵衛を見ながら声を上げる。

「ああ、剣の腕には自信があったが、人を斬ったことはなかった」

「じゃあ、本当に真面目に暮らしていたんですね」

「当たり前だ。ただの馬廻り役だった」

「どのくらいの石高だったんです？」

「百五十石だ」

「へえ、結構貰っていたんですね。軽々しく『三日月の旦那』なんか呼ぶのはいけませんね」

半次がふざけたように言い、

「で、何をやらかしたんです？」

と、改めてきいてきた。

「順を追って話すから、黙って聞いてろ」

九郎兵衛は舌打ち交じりに言い、

「俺のような下級武士は貧しいから、内職しないといけなかったんだ。それで、団扇《うちわ》を作っていた」

と、告げた。

「団扇？」

半次が拍子抜けした声を出す。

「金毘羅参りの土産として、団扇は人気がある。あるときから藩が団扇の内職を推奨したんだ。それで、俺も作ってみたわけだ」

「旦那らしくねえことですね」

「だが、多少の金にはなった。それに、俺はちょっと他人《ひと》とは違うのを作った」

「違うのと言うと？」

「普通は丸い形の団扇だが、俺が作ったのは四角い団扇だったり、持ち手の柄が極端に短いものだったり、色々と考えた。そして、それが思ったより売れたんだ」

「へえ、旦那はそんな才もあるんですか」

　半次が驚いたように言う。

「たまたま思いついただけだ。だが、すぐに同じ馬廻り役の沖貞弘に俺の考えた団扇の形を盗まれたのだ。それどころか、まるで自分で生み出したかのように皆に言いふらしていた。それで腹が立って、沖貞弘の屋敷に乗り込んだ」

「そのときに、殺したんですか？」

「殺すつもりはなかったが、まあ、話し合いがこじれて思わず刀を抜いてしまった」

　九郎兵衛は淡々と語る。

「うまく後始末はしたし、殺しのあった刻限には俺は秋月と囲碁を打っていたことにしてもらった。だから、俺が下手人だと疑われることはないと思ったんだ」

「秋月はよくそんな嘘に付き合いましたね」

「あいつを助けたことがあるからな。それに、秋月も沖貞弘のことは日頃から快く思っていなかった」

「でも、旦那が逃げたということは下手人だとバレたんですよね」

「沖貞弘の兄は、丸亀藩の目付で沖林太郎《りんたろう》という。こいつが弟と俺の間に起こっていた確執を知っていたようで、俺は追われる身になった。幸いにも、秋月が報《しら》せてくれて、江戸に逃げる手筈を整えてくれたんだ」

「なるほど。じゃあ、秋月は旦那の恩人でもあるわけですね。だから、そこまでして！」

半次は合点したようで、膝を打った。

「そういうわけだ」

九郎兵衛は言った。

「江戸に出て来てからはどうしたんです？」

半次がきいた。

「そんなことまではお前に話す筋合はねえ」

九郎兵衛は言い放った。

「随分、厳しいですね」

半次は苦笑いする。

「秋月は殺されているかもしれない」

九郎兵衛が決め込む。

「そうとも限らないじゃないですか。急に丸亀藩に帰ることだって……」

「いや、脇差が落ちていたんだから」

「もしそうだとしたら、仇を取るつもりですか」

半次は真顔できいた。

「いや、まだ決めていない」

「旦那、金になりそうなことなら何時でも手伝いますが、面倒なことは御免被《こうむ》りますぜ」

「そのときには、俺ひとりで十分だ」

九郎兵衛は端《はな》から当てにしていないように言う。それを聞いて、半次はほっとため息をついた。

「じゃあ、あっしはそろそろ」

半次は腰を上げた。

「まだ呑んでいけ」

九郎兵衛が座らせようとしたが、

「今日はツイているんです。だから、また他の賭場に行って来やす」

と、半次は土間に下りた。

「そういや、北田は酒も博打もやらないが、女は好きだったはずだ」

九郎兵衛は腰高障子に手をかける半次の背中に喋りかけた。

「へい」

半次は去り際に振り向いてから、「おお、寒い」と外に出て行った。

九郎兵衛は残りの酒を口に含みながら、秋月に想いを馳せた。

二

暮れ六つ（午後六時）過ぎ、巳之助は木挽町の橋爪の屋敷の前にやって来ると、門から医者と石川福吉が出て来た。

「安静にしていてください」

医者が福吉に告げ、

「恐れ入ります」

と、福吉が頭を下げた。医者は巳之助と目が合うと、軽くお辞儀をして去って行った。

「石川さま、何かあったんですか」

巳之助は嫌な予感がして、きいた。

「実は数日前に、旦那さまが屋敷の近くで何者かに襲われたのだ」

「えっ、襲われた？」

「幸いにも、深手は負っていない。お医者さまに手当してもらっているから心配はないのだが……」

福吉は安心したように言いながらも、

「旦那さまが恨みを買うようなことをするとは思えぬ。困っている者がいれば、自分のことよりも、その者を助けたいと思うお方だ。どうして、旦那さまが襲われたのか……」

と、声を曇らせた。

「襲った相手はどんな男だったのでしょう？」

「頭巾を被《かぶ》っていたからよくわからない。だが、腕は立つように見えた」

「そうでしたか。狙われたのでなければいいのですが」

巳之助は心配しながら、

「橋爪さまには、お会いできないですか」

と、きいた。

「ああ、構わない。付いて来るがいい」

巳之助は福吉に案内されて、屋敷に入った。壁は薄汚れているし、床はギシギシと音が鳴る。以前、橋爪は屋敷が崩れなければどうなってもよい、と言っていた。改修する金があるのなら、その分を困った人々に遣いたいとの考えだ。

ふたりは廊下を進んだところにある部屋の前に立った。

「旦那さま、巳之助殿がお見えです」

福吉が声をかける。

「入れ」

橋爪のしっかりとした声がした。

福吉が襖を開けると、腕に白い布を巻いている橋爪が座っていた。

巳之助は橋爪の正面に正座する。

「何者かに襲われたと聞きました。大丈夫ですか」

「ああ、大したことはない」

橋爪は顔をしかめながら言う。

「襲った者の見当は付いていないのですか」

「わからぬ」

橋爪は首を横に振る。

「さっき、石川さまとも話していましたが、橋爪さまを恨むような方がいるとは思えないのですが……」

「いや、わしのことを嫌っている者はいる」

「まさか」

巳之助は素直に否定した。

「本当だ。わしは少しでも曲がったことが嫌いな性格だから、つい注意してしまう。それが仇となったのかもしれない。気を付けなければいけないな」

「でも、それは悪いことではないじゃありませんか」

「少しは妥協することを覚えないと、生きていくのは大変だ。武士といえども、綺麗事だけでは済まされないからな」

「最近、どなたかに注意したことはあるのですか」

「そうだな……」

橋爪は語尾を伸ばした。心当たりがあるようだが、口にしない様子であった。

「もし見当が付くのであれば……」

「いや、まだわからぬのだ。確かに、わしを襲った者は武士のようだが、最近武士からは恨みを買った覚えはない」

橋爪は腕を組んで考える。

「もし、何かお手伝いできることがあれば、何でも仰ってください」

巳之助は進み出た。

「いつもすまぬな。ところで、この間の掏摸のことで何かわかったか？」

橋爪がきいた。

「はい、掏摸はお駒という女と思われます」

「お駒？」

「麻布仙台坂にある古道具屋『仙台屋』で奉公している女です。といっても、『仙台屋』は裏で掏摸の稼業をしている一家だという噂が」

「では、それでわしの懐も狙われたのか」

「恐らくは。ただ、まだお駒だという確証を持っているわけではありません。『仙台屋』の主人の松之助やその子分たちは悪いことで金を稼いでいるような者たちばかりを狙っているそうで、橋爪さまのような方を狙うというのは考えられないそうです。それにお駒も近所の困っているおかみさんを助けるような心優しい面も持ち合わせているようです。もしお駒が掏ったとしても、橋爪さまを狙った動機がまだわかりません」

巳之助は告げた。

「そうか。だが、所詮は掏摸ではないのか？」

橋爪が真っすぐな目できく。

「松之助はただの掏摸のようには見えませんでした。お駒のことはわかりませんが」

巳之助は正直に答える。

「そうか」

橋爪は頷き、

「仮にお駒だとして、もうあの鉄扇を売ってしまっただろうか」

と、きいてきた。

「どうでしょう。すぐに盗品を売ったら疑われるかもしれませんので、もしかしたらまだ『仙台屋』に置いてあるかもしれません」

「それなら、今度『仙台屋』に行ってみよう」

「橋爪さまがですか？」

「そうだ。もし見つけた場合には、恥をかき捨てて、正直に話そう。お前の話だと、松之助というのは掏摸にしては随分と心の広い者のようだから理解してくれるだろう」

橋爪は本気の顔で言っている。

「橋爪さまが行く前に、あっしの方でももっと詳しく調べてみます」

巳之助はそう告げて、橋爪の屋敷を後にした。

深手を負っているわけではないが、橋爪の身に何か不幸が起こるのではないかと妙に気掛かりであった。

麻布仙台坂の上から強い風が凄《すさ》まじい音を立てて、吹き下ろしていた。道端の枯れ木が大きく揺れている。巳之助の売り声は風に紛れていた。

こんな様子だから、『仙台屋』の者も気づかないだろうと思っていたが、裏口に通じる路地から、この間、松之助の隣にいた小柄ですばしっこそうな若い奉公人が出て来て、「ちょっと、よろしいですか」と招き入れられた。

「今日は何を直しましょう？」

巳之助がきくと、

「いえ、あなたが店の前を通ったら、客間に通すように旦那に言われていますので」

奉公人はそう言い、裏口から入り、庭を抜けて、巳之助は茶室のような小さな離れに連れて行かれた。ただ、にじり口ではなく、屈まなくても出入りできる戸口であった。

中に通され、しばらく待っていると、奉公人が手あぶりを持って来た。

「すぐに来ますから」

奉公人は去っていく。

部屋の中は、質素でありながらも、繊細な細工の欄間《らんま》はあるし、鯉の滝登りの掛軸は水しぶきがいまにも飛んできそうなくらい本物そっくりに描かれていて、きっと高名な絵師の作品だと思った。

やがて松之助がやって来て、巳之助の正面に座った。

穏やかな顔つきであったが、どこか警戒しているようにも思えた。

巳之助は頭を下げる。

「そんな畏《かしこ》まらずに」

松之助は手で示した。

巳之助が顔を上げて、松之助に目を遣る。松之助は真っすぐに巳之助を見ていた。

「この間は只でお仕事させちまって、すみません」

松之助が言った。

「いえ、あれくらい大したことではありませんから」

巳之助は答えながら、何のためにこんなところに呼んだのか気になった。わざわざ礼を言うためではないだろう。

何か頼み事があるのか、それとも、巳之助を怪しいと思っているのか。

巳之助はそんなことを気にしない素振りで、

「また何か直すものがございましたら、何なりと」

と、言った。

「ありがとうございます。ところで、巳之助さんはどうしてこの辺りを回るようになったのですか」

松之助が改まった声できいてきた。

「特に訳はないのですが、知り合いの売り商いの者にこちら辺は良いお客さまが多いと聞いたので」

巳之助は適当に答えた。

松之助は相槌を打ちながらも、目が鋭く光っていた。穏やかな顔をしているので、本心が見えない。何を考えているかわからない、不気味さすら感じた。

「この辺りでは旦那は随分と慕われているのですね」

巳之助は切り出した。

「いえ、そこまでも」

松之助は、軽く笑みを浮かべる。

「門前西町の裏長屋に住むおかみさんから親切にしてもらっていると聞きました」

「どなたかわかりませんが……」

松之助は首を傾げた。

「こちらのお駒さんという方から大変お世話になっているそうで」

「お駒から？　まあ、あいつも気立てがいいですから」

松之助はそう言ってから、

「好きな男が出来てから外で暮らすようになったんです」

「そうでしたか」

「お駒のことが何か気になりますか？」

松之助が妙に鋭い目つきできいた。

「いえ、ただそのおかみさんが話していたので、どういう方なんだろうと思いまして。大そう綺麗な方だともお聞きしました」

「私が言うのもおかしいですが、道でばったりすれ違ったら、思わず振り向くような美人ではあります」

「お駒さんの男というのはどんな方なんですか」

「さあ、わかりません」

「わからない？」

「お駒が教えてくれないんです」

松之助は困ったように軽く笑った。

隠そうとしているのか、それとも本当に知らないのか、松之助の表情からは読み取れなかった。

やや沈黙があってから、

「巳之助さんは手先が器用ですが、他にご商売はされていないのですか」

と、松之助がきく。

「ええ、大して才がないものですから、これだけで精一杯でございます」

「御謙遜を」

松之助は真面目な顔で返す。

「あっしは独り者ですし、特に金を遣うこともないので、この商売だけで十分なんでございます」

巳之助は付け加えた。

「じゃあ、昔は何か他のことを?」

松之助がきいた。

「いえ、ずっとこの商売です」

巳之助は目を見て答えた。

互いに探り合うように、目と目が宙で交わる。

松之助の方が先に目を逸らし、腰から莨《タバコ》入れを取り出した。銀煙管《ギセル》に、莨を詰めて、火を点ける。

ゆっくりと吸い、天井に向かって大きく煙を吐いた。

煙がもつれながら、消えていく。

「ところで、巳之助さん」

松之助が改めて巳之助を見た。

「はい」

巳之助は静かに答えた。

外で吹く風の音の方が大きかった。戸はカタカタと音を立てる。

松之助がもう一服喫《の》んでから、

「手前共のような稼業をどうお思いで？」

と、きりっとした顔できいた。

「道具屋のことですか？」

巳之助はきき返した。

「いえ」

松之助が小さく首を横に振る。

「他にも御商売を？」

巳之助は惚《とぼ》けた。

「元々、そのことを知っているのでしょう？」

松之助は決めつけるように言う。

巳之助は返す言葉に困った。

「掏摸というのは、胸を張って言えるような仕事じゃありませんが」

松之助の方から口にした。

様子を窺うように見て来る。

「それよりも大きな悪は、世の中にたくさんあります」

巳之助はびしっと言った。

松之助は煙管を膝の横に置き、

「そんなことを平気で仰るあなたは、似たようなことをなさっているんですか」

と、真面目な顔できいてきた。

「あっしは……」

巳之助は言葉を濁す。

松之助はそれ以上言葉を挟まないが、何か察したような目をする。巳之助は言い繕《つくろ》うことはしなかった。

「ところで、お話というのはこのことですか？」

巳之助はきいた。

「ええ」

松之助は頷く。何か言い訳をするのかと思っていたが、はっきりと答えた。

「一目見たときから、巳之助さんのことは只者ではないと感じていたんです。それが、鋳物を直す手さばきを見て、余計にそう思いました。もしかしたら、どこかの掏摸で、何か探りに来たのではないかと」

「…………」

「あるいは、岡っ引きの手先じゃないかとも思ったんですが、どうやら違うようですね」

松之助は決めつけるように言う。

それにも、巳之助は答えなかった。

松之助はさらに続ける。

「もし、よかったら手前共のところにお越しいただけませんか？　すぐに凄腕の掏摸になれますよ」

「あっしが松之助さんのところに？」

「ええ」

「誘って頂いてありがたいのですが……」

巳之助が断ろうとしたとき、

「考えておいてください。おそらく、巳之助さんに合っていると思います」

と、松之助は言った。

まさか、自分が神田小僧だということもすでに見破っているのではないかとさえ思えた。

「どうして、あっしなんかに？」

巳之助は松之助の目の奥を食い入るように見た。

「『仙台屋』には十人の若い者がいます。でも、この麻布一帯をこれだけで回すのには無理があります」

松之助は淡々と答える。

「つまり、人手が足りないと？」

「いかにも」

それなのに、芝の車町でお駒に掏摸をさせたというのは、どういうことだ。人手が足りないはずはない。

「他の一家と揉め事でもあるのですか」

巳之助はきく。

「いえ」

松之助は首を振った。

「十人で足りないのがわかりません」

巳之助は正直に答える。

松之助は何か言っていないことがあるように思えた。それが、良いことなのか、悪いことなのか、はわからない。

だが、松之助には何か企みがあるに違いない。

松之助は、「ふっ」と声を漏らして笑った。

「何か？」

巳之助がきく。

「いや、巳之助さんには下手な隠し事をしても無駄だということがわかりました」

松之助は妙に清々《すがすが》しい顔で言ってから、

「力を貸して欲しいんです」

松之助は懐から紫色の袱紗を取り出して、巳之助の目の前に置いた。厚みからして、五両は入っているだろう。

「どういうことですか？」

「受けてくださるのなら、お話しします」

「事柄次第ですが、金で動くようなことはありません」

巳之助は袱紗を軽く押し返した。

「そうですか……」

松之助は腕を組んで、考え深げに言う。

そのとき、庭から足音が聞こえてきた。

「旦那」

さっきの背の低いすばしっこそうな奉公人の声がした。

「なんだ」

松之助は戸に目を向けて答えた。

「また岡っ引きが来ています」

若い奉公人が言う。

「なに、山太郎《やまたろう》が?」

松之助は顔をしかめて、

「すぐに行くから」

と答えた。

「すみません、また改めてお話しさせてください」

松之助が軽く頭を下げる。

「構いませんが、岡っ引きがなんでこちらに?」

「小遣いをせびりに来ているだけですよ」

松之助は迷惑そうに言った。

巳之助は松之助と一緒に離れを出た。松之助は母屋の方へ行き、巳之助は裏の戸口から外へ出た。

巳之助は気になりながら、仙台坂を下った。

門前西町の裏長屋へ回ると、この間のおかみさんが井戸端で洗濯をしていた。

巳之助は声をかけ、

「包丁はどうですか？」

と、きいた。

「おかげさまで、ちゃんと切れています」

「それはよかった」

「あの、鍋を直してもらいたいのですけど」

「ええ、構いませんよ」

巳之助は答える。

「今日は、さすがにお代を払います」

「いえ、いいんです」

「それだと、頼みにくいですから」

おかみさんは言った。

巳之助は何も答えず、

「どれですか」

と、道具箱を下ろした。

おかみさんは家に戻り、すぐ鍋を両手で持って来た。

「底に穴が開いてしまって」

巳之助はおかみさんから鍋を受け取る。

ざっと見て、「これなら、すぐに直せます。誰にでも、只でやるようなことですよ」と道具箱の中からふいごを取り出した。

「でも……」

おかみさんは申し訳なさそうな顔をして何か言おうとしたが、

「洗濯続けていてください」

と、巳之助は促す。

「すみません。ありがとうございます」

おかみさんは頭を深く下げてから、洗濯板を手に取った。

巳之助は火を起こしながら、

「お駒さんとはあれから会いましたか」

と、きいた。

「いえ、見かけていないです」

「そうですか」

「何かあったんですか」

「特に……」

巳之助が首を横に振ると、

「もしかして、お駒さんのことが気になるのですか？」

「え？」

「すみません。あの方は綺麗だからそうなのかと……」

おかみさんは目を背《そむ》けて言う。

「お駒さんにはいい人がいるのではないですか」

巳之助は鎌《かま》をかけた。

「ええ、そのような感じですが」

おかみさんは頷く。

「一体、誰なんでしょう？」

「さあ」

「ご存知じゃないんですか」

「ええ、詳しくは……」

おかみさんが曖昧げに言う。それ以上のことは本当に知らないのか、答えてくれなかった。鍋の修繕が終わると、おかみさんは財布を取って来ようとした。巳之助は断って、足早に長屋を去った。

三

穏やかな昼過ぎのことだった。神田須田町《すだちょう》の自身番に、五十過ぎの担ぎ呉服がやって来た。
この男が言うには、十二月十日の夕過ぎ、小網《こあみ》神社の裏手を通ったとき、野良犬三匹に囲まれている武士の姿があったという。武士は刀を抜いていて、いまにも斬りかからんばかりだった。男はそこへ近づき、石をいくつか投げると野良犬は逃げて行ったそうだ。男は常日頃、親しくしている坊主に殺生はいけないと教わっていたので、野良犬の命を助けようとした。男からしてみれば、武士だって無駄な殺生をせずに済んだのでよかったと思った。しかし、その武士は男を睨みつけるなり、「無駄なことをしよって」と恨むような口ぶりだった。さらに、武士の目は血走っており、男は殺されるのではないかと思って、慌てて逃げた。無事に逃げ切ったが、後で思い返してみると、その武士の着物は返り血を浴びたようであった。

野良犬は斬っていないのに、血を浴びているのはおかしいと思っていて、さっきこの話を懇意にしてもらっているご隠居に話したら、怪しいから念のために自身番に報せた方がいいと言われ、やって来たのだった。

それから、自身番に詰めていた男のひとりが外に出ると、近くにいた岡っ引きの駒三《こまぞう》を見つけ、自身番に呼んだ。

駒三は奥の板敷の間で、担ぎ呉服から話を聞いた。

ひと通り話してもらったあと、担ぎ呉服の名前と住まいを聞いて帰した。

その日の夕過ぎ、駒三は八丁堀《はっちょうぼり》の同心組屋敷へ赴き、定町廻《じょうまちまわ》り同心関小十郎《せきこじゅうろう》に担ぎ呉服から聞いた話を伝えた。

すると、関が思いついたように、

「そういえば、下谷通新町《したやとおりしんまち》の真養寺《しんようじ》の住職が、十二月十日の朝、腕を押さえて歩く武士を見かけたらしい」

と、言った。

下谷通新町は、刑場のある小塚原《こづかっぱら》の隣である。日本橋小網町《こあみちょう》と下谷通新町は離れているが、十二月十日ということからしても、もしかしたら、関係しているのかもしれない。

駒三は翌日の明け六つ（午前六時）に屋敷を出て、真養寺へ向かった。

千住《せんじゅ》に向かう旅人たちの姿もちらほらと見える。江戸の外れにあり、街道沿いには町並みが続いているが、その外側は田圃が広がり、いくつも寺々が見える。

駒三は真養寺の境内《けいだい》に入り、本堂から読経が聞こえるなか、庭掃除をしていた小僧に近づいた。

小僧は姿勢を正して、駒三に頭を下げる。

駒三は名乗ってから、

「住職から話を聞きてえ」

と、告げた。

「勤行《ごんぎょう》がもう少しで終わりますから、もう少し待っていただけますか」

小僧は箒をその場に置いて、本堂へ向かった。

しばらくして読経が終わると、背が低く、目の周りに大きな隈《くま》がある、袈裟《けさ》を着た六十過ぎの男が小僧と共にやって来た。

「腕を押さえた武士を見たそうだな」

駒三が切り出した。

「ええ、私が見かけました」

住職が答える。

「そのときのことを詳しく教えてくれ」

「『松島《まつしま》屋』という下駄屋の法事があった日ですから、十二月十日でしたね。まだ陽が昇っていないときだったから、たしか七つ（午前四時）くらいでした。薄暗かったので、はっきりとはわかりませんが、彫りの深い痩せた男が境内から出て行くところを見ました。背丈は私より頭ひとつ分大きかったので、五尺八寸（約百七十六センチ）くらいでしょうか。左腕を押さえていました。あの様子だと、深手を負ったんでしょうね」

「腕のどのあたりを押さえていたんだ」

駒三は自分の左腕を差し出した。

「ちょうど、このあたりでございます」

住職は駒三の二の腕あたりを指で示し、

「誰かに襲われたのかもしれないと思い、声をかけてみたのですが、何ともないと言われて……」

と、答えた。

「それで、どうしたんだ」

駒三は、さらにきいた。

「そう言われれば、こちらも無駄にお節介を焼くわけにはいきませんから」

「そのとき、近くに誰かいたか」

「いえ、誰も」

住職が首を横に振る。

「そうか。武士はどっちの方向へ進んで行ったんだ」

「三《み》ノ輪《わ》の方です」

住職が南西の方角を指した。

駒三は寺を離れ、近場からきいて回った。しかし、まだ明け方前だったからか、その武士の姿を見たという者は三ノ輪町にはいなかった。続いて、金杉下町《かなすぎしもちょう》、金杉上町《かみちょう》、坂本町《さかもとちょう》へと場所を移してきき込んだ。

何の手掛かりもないまま、八つ半（午後三時）くらいになって、坂本町一丁目の骨董屋に入り、十二月十日に腕を負傷した武士を見かけなかったかと、近くにいた通い番頭の男にきくと、ぎくりと顔をしかめた。

「何か知っているのか」

駒三は鋭い目つきできいたが、

「いえ、何にも」

と、番頭は否定する。

だが、目が泳ぎ、唇が微かに震えていた。

「知っているんだったら、教えてくれ。もし隠し立てをして、後でそれがわかると、罪は重いぞ」

駒三は店の手前、穏やかな声で、目だけをきつくして脅《おど》した。

番頭は懐から手ぬぐいを取り出し、額の冷や汗を拭いた。

それから、駒三を改めて見て、

「ちょっと、裏へ」

と、目で合図した。

ふたりは土間の脇を通り、裏へ抜けた。

陽の当たるところで猫が横たわっていたが、ふたりに気が付くと、急に起き上がって逃げて行った。

番頭は間を置いてから、話し始めた。

「旦那がお尋ねの武士が、私の知っている方かどうかわかりませんが、十日の明け六つ（午前六時）頃、私が御切手町《ごきってまち》の自宅を出ようとしたとき、突然二の腕を押さえたお武家さまが手当をして欲しいとやって来ました。着物は血が滲《にじ》んでいて、私は女房と一緒に急いで盥に水を汲み、布で傷口を拭いてから、巻木綿で処置をしました。お医者さまを呼んで来ると言ったのですが、それはしないでくれと止められました」

「止められた……」

駒三は引っ掛かった。

その武士は事を露《あら》わにしたくなかったのだろう。

「どうして傷を負ったか言っていなかったか」

駒三はきいた。

「野良犬に襲われただけだと……」

「そのような傷には見えなかったか」

「はい、どう見ても刃物で斬りつけられたようでした」

番頭は不安げな様子で言い、

「私は店に来なければなりませんでしたので、心配でしたが女房に後を任せました。夕方になって帰ると、お武家さまの姿はありませんでした。女房が言うには、昼過ぎに『世話になった礼だ』と一両を置いて出て行ったとのことです」

「では、お前がここで話したのがわかるとまずいな」

駒三は呟く。

「そうなんでございます。でも、旦那にきかれたので、正直に言わないとこっちが怪しまれてしまいますから」

番頭は強張《こわば》った顔で答えた。

「よく話してくれた」

駒三は労《ねぎら》ったが、

「旦那、大丈夫ですかね。もし私の身に何かあれば、女房と子どもは……」

と、番頭は声を震わせる。

「ああ、お前が喋ったというのはわからないようにする」

駒三は安心させて、

「他にその者のことで気づいたことはなかったか？　たとえば、身に付けていたものとか」

と、尋ねた。

「その方が忘れ物をしていたので、自身番に届けました」

「何を忘れたんだ」

「印籠です。根付は赤い紐で結ばれた木彫りの大黒天でどこにでもありそうなものでしたが、印籠が珍しく、柿渋で仕上げた一閑張でした」

番頭は思い出すように言った。

「一閑張？」

聞いたことのない言葉に、駒三はきき返した。

「和紙を何度も張り重ねて、その上に柿渋や漆を塗る細工です。丈夫で水捌《みずは》けもいいので、長く使えるんです」

番頭は詳しく説明してくれた。

その武士が野良犬に襲われたのではなく、誰かに斬りつけられたのだとすれば、その相手がいるはずだ。


風が音を立てて吹いている。その音が妙に罪人たちの悲痛な叫び声にも聞こえる。

駒三は小塚原を縄張りとしている岡っ引きのところへ顔を出した。

ここ半月の間に、侍同士の斬り合いがなかったか訊ねたが、その岡っ引きは知らないと言う。ただ千住の地回りの男が脇差を持っていて、声をかけると、知り合いの旦那から預かったものだという。岡っ引きは怪しいと思ったが、元々知っている地回りだったので、特に詳しくきくことはなかった。

駒三は地回りの名前と住まいをきいてから、すぐに千住まで行った。

地回りが住んでいる長屋の腰高障子を叩くと、

「誰だ」

と、荒《すさ》んだ声が返ってきた。

「神田の岡っ引きの駒三だ」

駒三は男に負けないくらい迫力のある野太い声で言い返した。

「岡っ引き？」

すぐに腰高障子が開いた。

地回りは声に似合わず、体は小さく、まだ若かった。駒三を見るなり、少し怯《ひる》んだようで、「何の用だ」と微かに声が震えていた。

「脇差のことで来たんだ」

と、切り出した。

地回りは、ぎくりと顔をしかめた。

「覚えがあるようだな」

駒三はすかさず言った。

「いや、何も」

地回りは慌てて首を振る。その様子がやけに隠し事があるように見えた。

「脇差はどうしたんだ」

「行き倒れのお武家さまの……」

地回りがか弱い声で話しているところを、

「正直に話せ」

と、駒三は鋭い目つきで睨みつける。

「本当だ」

地回りは焦ったように言う。

「ここらの岡っ引きに嘘をついたことは見逃してやる。ただ、ここで正直に喋らねえで、あとでばれたときにはどうなるかわかっているんだろうな」

駒三は半ば脅した。

地回りはしばらく考えてから、

「実は、その日の朝、死体を見つけたんだ……」

と、語り出した。

朝、大川端の河原へ行くと、人が仰向けで倒れているのを見つけたそうだ。その辺りは行き倒れも多いので、そうかと思ったが、近づいてみると手には刀が握られていて、胴体には斬られた跡があり、着物に血が滲んでいた。すぐに自身番に報せようとしたが、死体には上等そうな脇差が差してあった。地回りは思わず、腰元の脇差を抜き取った。地回りはそれを池之端の骨董屋に売った。

駒三はその骨董屋の名を聞いてから、

「死体はどうした？」

と、きいた。

「すぐに見つからないように茂みに移しておきました。次の日に見に行ったら、野良犬に咬まれた跡はありましたが。それからは不気味なので、見に行っていません……」

地回りは頭を垂れながら話した。

「死体があった場所に連れて行ってくれ」

駒三は命じて、ふたりは大川の方へ向かって歩いた。

河原に葦《あし》が生えている辺りで、地回りが「ここらです」と言った。

草を分け入ると、腐敗した死体が出てきた。五尺四寸（約百六十四センチ）くらいで、まだ若いと見える。その傍には、刃が黒ずんだ刀が落ちていた。血のように思える。

「よく死体が見つからなかったな」

駒三が辺りを見渡しながら言い、

「十日間も発見されなくても無理ないか」

と、呟いた。

「あとで自身番に来てもらうからな。逃げたら承知しねえぞ」

駒三は言い残し、自身番に寄って死体のことを話し、番人を河原まで連れて来た。始末を頼んでから、池之端へ向かってその場を後にした。

一体、殺されたのは何者なのか。そのことを考えながら、骨董屋へ向かった。


夕七つ（午後四時）の鐘が鳴ると、鳥が大勢飛び立って、西の空へ向かった。

駒三は、池之端の古びた暗い骨董屋を見つけた。千住の地回りから聞いた店と同じ名前であった。

すでに店は閉まっていたが、表の戸を叩いた。

少しあってから、中から内気そうな五十過ぎの男が出て来た。

男は駒三の顔を見るなり、

「もしかして、脇差のことで……」

と、声を落として言った。

「そうだ、よくわかったな」

「数日前にも、脇差のことで訊ねに来た者がいましたから」

「訊ねに来た者？」

駒三はきき返す。この件は自分だけが調べていると思っていた。

だが、そうではないのか。

駒三は中に通され、上がり框に腰を掛けた。

それから、主人はことのあらましを語った。

今戸にある下駄問屋『草野屋』の隈太郎と名乗る男から脇差と鉄扇を買い取った。

脇差は越冬青江という名刀であった。鉄扇は勝村のものであった。

「なに、鉄扇もあっただと？」

地回りはそのことは言っていなかった。

「その鉄扇はまだあるのか」

駒三がきく。

「ええ、こちらです」

主人は近くから鉄扇を持って来た。

「これはあとで調べることになるかもしれないから、売らずに置いておけ」

駒三は言い付けて、主人は話の続きをした。

脇差は湯島に住む『茅乃屋』の隠居に売り渡した。しかし、その数日後に浪人風の男がその脇差を持ってやって来たと。その男は隈太郎のことを聞いてから、去って行った。

「その浪人は何者なのだ」

「名前は名乗っていませんでした。ただ、『茅乃屋』に行けばわかると思います」

そう言われ、駒三は湯島の『茅乃屋』へ赴いた。

庭に面した奥の部屋に通され、隠居と話した。

隠居が言うには、店の奉公人が蕎麦屋で見つけて来た刀剣に詳しい浪人で、

「たしか、松永九郎兵衛さまと仰りました。何でも、知り合いの方が持っていたはずの刀だそうで、調べたいから少し預からせてくれとのことでした」

と、答えた。

「松永九郎兵衛……」

駒三はその名前に覚えがあった。

だが、どこで会ったのか、思い出せなかった。

九郎兵衛が浅草田原町《たわらまち》に住んでいることを聞き、湯島を後にした。

田原町に着いた頃には暮れ六つ（午後六時）を過ぎ、昼間は参拝客で賑わっている浅草寺界隈も、すっかり静まり返っていた。

九郎兵衛が住んでいる長屋へ行くと、腰高障子越しに刀を磨くような影が映っていた。

駒三は腰高障子を開けて、土間に入った。

「これは親分。何かあったのか」

九郎兵衛は駒三の顔を見て、険しい顔をした。

「越冬青江のことでございます」

駒三はいきなり切り出した。

「狭いが腰を掛けてくれ」

九郎兵衛が招く。

駒三は上がり框に座った。

「あの脇差はお知り合いの方の物だとか」

駒三はそう言ってから、担ぎの呉服商が見かけた腕を押さえた不審な武士のことや、脇差のことを出し、ここに辿り着く経緯を話した。

九郎兵衛は相槌を打ちながら聞き、

「丸亀藩の秋月鉄太郎《てつたろう》という男の愛刀だ。それがどうして『茅乃屋』の隠居が持っていたか気になっていたんだ。丸亀藩でも、秋月が十日前くらいから行方がわからなくなっている。もしかしたら、秋月の身に何かあったのではないかとも……」

と、考えるように言う。

「実はあの脇差は地回りの男が死体から盗んだものです。死体は死後十日くらい経っています」

「それが、秋月ではないのか」

「いま調べているところです」

「下手人は？」

「わかりません。ただ、殺された武士の刀に血がついていました。下手人も怪我を負っているかもしれません。さらに、十二月十日に下谷で腕を押さえていた不審な武士が見かけられていますす。一関張を柿渋で仕上げた印籠を持っていたそうです。根付は赤い紐で木彫りの大黒天だったそうです」

「一関張の印籠に、大黒天の根付……」

「その武士は山谷堀《さんやぼり》の舟宿から舟に乗って、小網町まで行ったそうです。小網町の舟宿の二階で暮れ六つ（午後六時）までいたのはわかっているのですが、そこから先のことはまだわかりません」

駒三が語っている間、九郎兵衛は目を閉じて、考え事をしているようだった。

「舟宿は何というところだ」

九郎兵衛はきいた。

「『亀屋《かめや》』というところで、思案橋《しあんばし》の袂《たもと》にあります」

駒三は答えてから、

「松永さま、もし何か手掛かりになるようなことを摑めたら、あっしのところに報せてくれませんか？」

と、改まった声で言った。

「当たり前だ」

「ないとは思いますが、いくら親しかった秋月さまといえども、決して下手人を勝手に始末するようなことはなさらねえように」

駒三は念を押す。

「わかっておる」

九郎兵衛は眉を顰《ひそ》めて答えた。

「では、また何かあれば」

駒三は長屋を後にした。

ふと見上げる空に、月が白かった。

四

思案橋から、川面《かわも》に提灯の明かりがてらてらと映っているのが見える。どこの舟宿の二階にも客がいるようで、楽しげな声が漏れている。九郎兵衛は『亀屋』の暖簾をくぐり、土間に入った。

二階からは賑やかな三味線と太鼓が鳴り出した。

「誰かいるか」

九郎兵衛は声を出す。

衝立《ついたて》から二十代後半の番頭風の男が顔をひょっこりと出し、

「どうも、気が付かずに失礼致しました。お待ち合わせでございますか？」

と、きいてきた。

「いや、今月十日のことできききたいんだ」

九郎兵衛が真剣な顔で言った。

番頭は衝立を回って、出て来た。

「そうでしたか。二階の座敷に通してしまったのですが、決してあの方を庇《かば》っているわけではございません。酒を一合頼んだだけで、後は何も注文しなかったですし、頭巾を被っていたのでよくわかりませんでした」

「頭巾を取ろうとしなかったのか」

「ええ」

「ずっと被っていたのか？」

「部屋に入るまでは被っていました。ただ、私も酒を届けに行ったのですが、部屋の前に置いてくれと言われて、その通りにしましたので、顔を合わせていないんでございます。お勘定のときには帳場まで降りて来ましたが、そのときにも被っていました」

「それは、岡っ引きの駒三にも伝えたのか」

「ええ、全て正直にお伝えしました」

番頭は答える。

駒三は伝え忘れたのか、それとも肝心なことは隠しておこうとしているのか。

「すでに話したかもしれないが、同じことを俺にも聞かせてくれ」

九郎兵衛がそう言ったとき、舟宿に二人連れの武士が入って来た。その者たちが「待ち合わせだ」と告げると、番頭は「二階の突き当たりの座敷でございます」と、ふたりを上がらせた。

番頭は再び九郎兵衛に顔を向けてから、十日に来た武士のことを話し出した。

大体のことは駒三が語っていたことと同じであったが、酒の肴に田楽《でんがく》を差し出してやると、口にするなり、「むつごい」と呟いたという。

「どういうことかわからなかったので、適当に頭を下げておいたのですが、おそらく不味《まず》いだとか、口に合わないとか、そんな類のことでしょう。帰った後に片付けに行きますと、田楽は残ったままでした」

番頭は首を傾げた。

だが、九郎兵衛には、「むつごい」というのが讃岐の方言で、味が濃いということなのをわかっていた。他の地方で同じ言葉がなければ、間違いなくその武士は讃岐の者だ。ますます、沖林太郎の仕業に思えてくる。

「その武士はここを出てから、どっちの方向へ行ったかわからぬか」

九郎兵衛は最後に訊ねた。

「ちょうど、その方がお帰りになるときに、店が混んでいまして、表までお見送りが出来なかったのでございます。なので……」

番頭は申し訳なさそうに、首を横に振った。

それから、九郎兵衛は辺りを歩き、近くの蕎麦屋の屋台に入る。

先客は誰もいなかった。

九郎兵衛は蕎麦を頼んでから、

「お前さんは十日もここにいたか」

と、きいた。

「ええ、いつもいます」

「その日、腕に怪我を負った武士が通らなかったか」

「ええ、ここに寄っていきました。ここの蕎麦がやたら旨《うま》いと褒《ほ》めてくださって。今度、屋敷の近くにも来て欲しいと言っていました」

「屋敷？　どこの屋敷と言っていたのだ」

「えーと、木挽町と仰っていました」

「木挽町か」

「確か、名前は……」

「名乗っていたのか？」

「ええ、橋爪さまとか」

「橋爪？」

「三十くらいで、中背の男でした」

「そうか。その男は本当に腕に怪我を負っていたのか」

九郎兵衛は確かめる。

「ええ、間違いありません」

蕎麦屋は決め込んで言う。

九郎兵衛は掻き込むように蕎麦を食べ終えると、代金を払って、屋台を出た。


翌日のことであった。

弱々しい夕陽が松永九郎兵衛の住む長屋に差し込んでいた。九郎兵衛は朝の残りの冷や飯を茶漬けにして食べ始めようとしていた。

そのとき、どぶ板の上を駆ける音が聞こえてくると、すぐに半次が九郎兵衛の家に入って来た。

半次は額に汗が滲んでおり、肩で息をしていた。

九郎兵衛は茶碗を置き、

「わかったか」

と、半次にきいた。

「今朝、旦那が言っていた小塚原の殺しのことですが、やはり秋月だったようです」

半次が声を弾ませて言った。

「そうか。北田から聞いたのか？」

「いえ、会えませんでした。他の人が話してくれました」

「で、下手人は？」

「まだわからないそうです」

「もしかしたら……」

九郎兵衛は独り言のように呟いた。

「なんです？」

「まだ、確かではないから」

「隠さなくたっていいじゃないですか。あっしも手伝っているんですから」

半次は不満そうに言った。

九郎兵衛は何も答えず、腕組みをする。

「旦那」

半次が声をかける。

「沖林太郎かもしれねえ」

九郎兵衛は呟いた。

「沖林太郎？　どこかで聞いたような……」

「前に話しただろう。俺が丸亀で殺した沖貞弘の兄で、目付の奴だ」

「そうだ、思い出した！」

半次は膝を叩く。そして、前のめりになり、

「ってことは、丸亀藩の中で何かが起きているんですかね」

と、急に低い声で言った。

「うむ」

九郎兵衛も鋭い目つきで答える。

「こりゃあ、面白くなってきた」

半次がにやりとする。

九郎兵衛は睨みつけた。

半次は慌てて、

「いえ、秋月の死を笑っているわけじゃねえですが、金になるかもしれないと思って」

と、言い訳した。

「…………」

九郎兵衛は何も答えない。

「この間、賭場で会った中間に探りを入れて、きいてみましょう」

半次が構わず言った。

「中間じゃ、わからないだろう」

九郎兵衛は否定する。

「でも、何か手掛かりは摑めるかもしれませんぜ」

「そうだが……」

「どうせ、仇討ちをするんでしょう?」

「…………」

「旦那のことを助けてくれた秋月が殺されたんですぜ」

半次の声が大きくなる。

「おい、静かにしねえか」

九郎兵衛が窘《たしな》める。

「すみません。でも、黙って見過ごすような旦那じゃねえことはあっしがよく知っています。一緒に仇を取りましょう」

半次は大袈裟なくらいに言う。

「調子のいい奴だ。ただ、便乗して、金にしようって魂胆なだけじゃねえか」

九郎兵衛は冷ややかな目を向ける。

「まあ、金になればいいとは思いますが、旦那は沖を許せないでしょう？　だから、手伝いますよ」

半次は白々しく答えた。

「まだ、沖が下手人かはわからない」

「でも、そのことは十分に考えられるんでしょう？　もし、下手人じゃなかったとしても、何かしらに関わっているかもしれませんよ」

半次の口からは次から次へと言葉が出てくる。

「まあ、そうだな」

九郎兵衛は半次を喧《やかま》しく思いながらも、恩人の秋月を殺した者を許せない気持ちはある。それに、丸亀藩で何か起こっているなら、それも気になる。

「ともかく、探りに行って来ます。ちょうど今夜、丸亀藩上屋敷の中間部屋で賭場が開かれるそうなので」

半次はそう言ってから、物欲しそうな目を向けた。

「なんだ」

「ちょっと、その金を……」

「前にやっただろう」

「中間の口を割らすのに使っちまいましたぜ。また話を聞くのに、必要かもわからないので」

「お前が賭けたいだけだろう」

九郎兵衛は訝《いぶか》しい目を向けた。

「そういうもんですぜ。旦那も、この件に関しては顔が割れているから、自分では動けないでしょう？」

半次は追い打ちをかけるように言う。

九郎兵衛は舌打ちをしながら、財布から一分を取り出して放り投げた。

「えっ、これっぽっちですか？」

「前に一両渡しているだろう」

「まあ、そうですが……」

半次は不満を口にしながらも、懐に仕舞うと、去って行った。

九郎兵衛は立ち上がり、羽織を着てから長屋を出た。

待乳山《まっちやま》から鐘の音が侘《わび》しく聞こえてきた。

五

巳之助は木挽町へ行った。橋爪の屋敷は、妙にひっそりとしていた。門は閉じられている。

叩いても、中から返事はなかった。

必ず誰かしらいるはずなのに、おかしい。巳之助は近くを通りかかった、よくこの辺りで見かける行商人に、

「すみません、こちらの橋爪さまのことを何か知りませんか」

と、尋ねた。

「捕まったよ」

行商人は眉を八の字にして答える。

「えっ？　どういうことですか」

巳之助は思わず声を上げた。

「つい先日のことだ。橋爪さまが丸亀藩の武士を殺したそうだ」

「丸亀藩の武士を殺した？　まさか、橋爪さまが……」

信じられなかった。何かの間違いに違いない。

巳之助は否定するように、首を横に振った。

「俺もあの橋爪さまがそんなことをするとは思えねえが、橋爪さまの鉄扇が決め手となったそうだ」

「鉄扇が……」

巳之助は言葉を失った。

あの鉄扇は盗まれたものだ。下手人は予め殺しを企てていて、罪を他人になすりつけるために、橋爪の鉄扇を盗んだに違いない。

だが、下手人がお駒ということはないだろう。武士を殺すというのも、どこか違う気がする。

だとしたら、お駒が誰かに頼まれたのだ。

そう思った瞬間に、巳之助の足は急いで仙台坂へ向かった。

その途中、飯倉片町《かたまち》の一角で、見覚えのある男が肩を落として歩いていた。

巳之助は思わず近寄って、

「石川さまじゃありませんか」

と、声をかけた。

だが、男は気づかない。

「石川さま！」

今度は大きな声で呼びかける。福吉はようやく振り向いた。目の周りには隈が出来て、頬はげっそりと痩せこけていた。

「橋爪さまのことを聞きました。一体、何があったんですか」

巳之助は心苦しい気持ちを抑えてきく。

「それが私にもよくわからないのだ。いきなり、旦那さまが丸亀藩の秋月鉄太郎さまを殺した罪で捕まって……」

福吉は、か細い声で答える。

「鉄扇と印籠が見つかったようですね」

「ああ」

「あの鉄扇と印籠は掏摸に遭ったものですよね」

巳之助は確かめる。

「そうです。旦那さまが巳之助殿に頼んでいた……」

「申し訳ございません」

「いや、お前さんのせいではない」

「まさか、こんなことになるとは……。でも、橋爪さまにはお駒のことは伝えてあります。奉行所の方でしっかりと調べてくだされば、橋爪さまの無実は晴らされますよね」

巳之助はそう願う一心で言った。

「どうだろうな」

福吉は難しい顔をして、ため息をつく。

「石川さまはこんなところで何をされているのですか」

巳之助はきいた。

「上役のところに行ったのだ。もしかしたら助けになってくださるかと思って」

福吉は上役の屋敷の方に目を遣り、

「だが、上役も御徒目付《おかち》から言われて反論出来なかったみたいだ。うちの旦那さまが下手人だという証《あかし》が出ている以上、こっちには何も出来ないと言われた」

と、沈んだ声で言った。

「あの鉄扇と印籠が出てきている以上、下手人と決めつけられてしまうのですね」

「でも、あまりに薄情ではないか」

福吉の声に怒りと悲しみが交じっていた。

「他に誰か頼りになりそうな方はいませんか」

「わからぬ。旦那さまと交友のあった方々をこうやって訪ねているのだが、皆関わりたくないといった様子だ……」

巳之助は気落ちしている福吉をどうにも慰めることが出来なかった。福吉はまだ他の人たちを訪ねてみると言っていたが、その顔には覇気がなかった。

（ぐずぐずしていられない）

巳之助は福吉と別れると、急いで『仙台屋』へ向かった。

仙台坂の『仙台屋』の裏の戸口の前に立つと、ちょうど、背の低いすばしっこそうな奉公人が戸を開けて出て来た。

「あっ、巳之助さん」

奉公人が会釈した。

「失礼ですが、お名前は……」

「増吉《ますきち》です。まだ『仙台屋』に入ったばかりで」

「そうでしたか」

「ところで、今日は何か？」

増吉がきく。

「お駒さんはいらっしゃいますか」

「いえ、おりませんが」

「そうですか。では、旦那は？」

「旦那ならおります。少々お待ちください」

増吉はその場を離れた。

しばらくして、松之助がやって来た。

松之助は驚いたように声を上げ、すぐに笑顔で会釈した。

「先日は失礼致しました」

「いえ、先日のことで？」

「違います。ちょっと、おききしたいことがあるんです」

「何でしょう？　まあ、離れで聞きましょう」

松之助は木戸口をくぐり、離れの方に進んで行った。

巳之助と松之助は離れに入った。

ふたりは向かい合って座ってから、

「木挽町の橋爪主税さまという御家人が、丸亀藩の武士を殺したとして捕まったのでございます。そのときに証となったのが、橋爪さまの鉄扇と印籠です。どちらも、以前、芝車町で盗まれたものでして……」

巳之助が一生懸命に説明する。

「もしかして、お駒が掏ったとでも？」

松之助が声を上げた。

わざと惚けている風には見えなかった。松之助が本当に知らないのだとしたら、やはりお駒が何かの事情で勝手にやったのだろうか。

「お駒さんという証はありませんが、女掏摸に遭ったというのです。背が高くて、目鼻立ちの整った女だそうです」

巳之助が低い声で告げると、松之助は少し間を置いてから、「でも、どうして……」と呟いた。

「お駒は私の親が生きているときから『仙台屋』に奉公していました。でも、一年くらい前に好いた男が出来て、外で暮らし始めました。渋谷《しぶや》の方に住んでいると言っています」

松之助はため息交じりに言う。

心を落ち着かせるためか、松之助は煙管を一服した。煙が絡みながら天井に昇っていく。大きく息を吸って、険しい顔をしていた。

「松之助さん」

巳之助は改まった声で呼びかけた。

「あっしは橋爪さまが無実の罪で囚われているのが不憫でならないのです。ですから、お駒さんが盗んだものだとお奉行さまに申し立てたいのです。ただ、お駒さんが盗んだという確かな証がありません。お駒さんは認めてくださらないでしょう」

「橋爪さまが無実で捕まった件にお駒が加担しているのであれば許せません。でも、お駒はそんなことをする女ではありません」

「でも、実際に」

「もしかしたら、お駒は誰かに利用されているだけかもしれません。あっしが問い詰めてみます」

「よろしくお願い致します」

巳之助は深々と頭を下げた。そして、「ところで、先日、旦那があっしに頼もうとしたことはなんだったのですか」と、巳之助は思い切ってきいた。

「実はお駒のことです」

「お駒さんの？」

巳之助はきき返す。だが、もしかしたら、そうではないかと思っていた。

「この間、お駒が苦み走った顔の武士と歩いていました。おそらく、お駒の男だと思いますが、その者を見た瞬間に、どこか冷酷そうな目つきが気になったんです。男嫌いで通っていたお駒がやけに惚《ほ》れているようで、騙されないか心配なんです」

「つまり、その武士が信用出来ないと」

「ええ」

松之助は頷き、

「しかし、今は橋爪さまのことを先にはっきりさせましょう。今日は店を閉めて、奉公人たちにお駒を探させます」

と、てきぱきと言った。

お駒が正直に話してくれればいいが……。

何か大きな渦が自分の周りを呑み込んでいるような気がしてならなかった。

第三章　陰の男

一

　空が晴れわたっている。凍《い》てつくような寒さだ。

　昼の終わりの時分であった。飯屋から出て来る客たちの姿が目立つ。九郎兵衛は両国広小路《ひろこうじ》を抜けて、米沢町《よねざわちょう》に入った。大きな呉服屋のある四つ角で駒三を見かけた。

「これは松永さま」

　駒三の方から声をかけた。

「ちょうど、よかった。昨日親分が留守だったので、今日改めて会いに行くところだった」

　九郎兵衛は答えてから、

「小塚原の死体は、やはり秋月だったようだな」

と、しんみりと言った。

「はい、松永さまがあの脇差が秋月さまのものだと教えてくださりましたので、丸亀藩の者に死体を改めてもらいました」

駒三は答えた。

「下手人はわかったのか」

「ええ」

「誰だ」

「御家人の橋爪主税さまです」

「橋爪主税？」

木挽町の舟宿に話をききに行ったとき、屋台の蕎麦屋に、腕を怪我している武士が橋爪と名乗ったことを思い出した。

「ふたりの間に、何があったんだ」

九郎兵衛はきいた。

「わかりません。しかし、舟宿に忘れた鉄扇と印籠が決め手となったんです。ただ、橋爪さまは鉄扇と印籠は盗まれたものだと否定しています」

駒三は引っ掛かるように言った。

「なに？　盗まれただと」

「芝車町で掏摸に遭ったそうで」

そう言ってからすぐに、

「ただの言い訳とも思えないんです」

駒三が首を傾げる。

「掏摸のことは調べたのか」

九郎兵衛はきいた。

「いえ、関の旦那は確かめるまでもないと言って、御徒目付に話を通しました。それに、秋月さまの殺しがあった日の昼間、橋爪さまは山谷で姿を見られています。橋爪さまは父親の祥月命日《しょうつきめいにち》で菩提寺への墓参りだったと言っています。このことは本当です。秋月さまは昼間から夜にかけてどこかで身を隠していて、夜中に殺されたものだと関の旦那は考えています」

駒三は腑に落ちないように言った。

「親分は何か納得いかないのか」

「秋月さまとの繋がりが見えません」

「関殿は何と言っているのだ」

「どこかで何かの遺恨があったのだろうと。橋爪さまは些細なことでも悪や不正を許せない方だそうです」

「秋月もまともな男だ。他人に咎《とが》められるようなことをするとは考えられぬ」

九郎兵衛は、つい反論した。

確かに、沖貞弘を殺した九郎兵衛を匿《かくま》って、逃がしてくれたことはある。しかし、あのときは九郎兵衛ばかりでなく、相手にも悪いところがあった。秋月は逃がしてくれたが、人を殺《あや》めたことに関しては厳しく咎めた。秋月はそういう男だ。

九郎兵衛は少し考えてから、

「橋爪の屋敷はどこにある？」

と、訊ねた。

「木挽町です」

駒三は答える。

九郎兵衛は駒三と別れると、さっそく木挽町へ向かった。

弱々しい西陽が、木挽町の武家地に薄暗い影を作っている。どことなく、侘しい夕時、張りがある魚の棒手振《ぼてふ》りの声だけが活気づいていた。

九郎兵衛はその男に、

「橋爪殿の屋敷はどこか、わかるか」

と、声をかけた。

「あちらですが……」

棒手振りは三軒先を指し、

「これから、お訪ねですか」

「そうだ」

「ご存知ないんですか」

棒手振りは顔をしかめて言った。

「いや、知っている」

九郎兵衛はそこへ行った。汚れの目立つ古そうな屋敷の門をくぐり、敷石を渡り、戸を開けた。

玄関に足を踏み入れると、奥から妙に寂しげな音を立てて風が吹き抜けた。ぎしりと、廊下の床が軋《きし》む音がする。

「誰か」

九郎兵衛が声をかけると、足音がして、三十半ばの若党が現れた。憔悴《しょうすい》しきった顔をしている。

「どちら様で？」

という声にも覇気がなかった。

「拙者は松永九郎兵衛だ。橋爪殿のことできたいことがあるのだ」

九郎兵衛は相手の目を見て言った。

「申し訳ございません。いま立て込んでいまして」

若党は疲れた声で、追い返すように言った。

主が捕まったのだから無理はないと思った。以前、自分が沖貞弘を殺して、その後、沖林太郎に追われたときにも、家人が大変な思いをしたと聞く。

「そうか、ではまた来させてもらう。お主の名前をきいておいてよいか」

「石川福吉と申します」

九郎兵衛はそれだけ聞くと、屋敷を後にした。

門を出ると、炭団《たどん》売りの男が、中を覗くようにしていたが、ぱっと顔を背けた。

「お前」

九郎兵衛は声をかける。

「はい、何でしょう？」

炭団売りは顔を向ける。

「何をしていたんだ」

「いえ、橋爪さまが捕まったと聞いて、ちょっと様子を見に来たんです」

「橋爪殿の知り合いか」

「たまに、炭を買ってくださりました」

「そうか。橋爪とはどんな男なのだ」

「とても真面目な方です。ほとんど、奉公人としか話さないのですが、一度、勘定を間違えて、安くお買い上げになったことがあるんです。そしたら、次に伺ったときに、橋爪さまが出て来て、『この間はうちの奉公人が少なく払ってしまい、申し訳なかった』と不足の金を差し出したんです。大した額じゃなかったですし、あっしが間違えたのが悪いので、お断りしたのですが、それだと気が済まないからと仰って、不足分を頂きました」

炭団売りは淡々と言う。

「それ以外に、何か知っていることはないのか」

「知っていること……」

炭団売りは考えてから、

「これは噂でしかないのですが」

と、思い出したように言う。

「構わない。話してみろ」

九郎兵衛は促した。

「半年くらい前のことだと思いますが、浜松町《はままつちょう》にある『足立屋《あだちや》』の旦那が橋爪さまに殴られたというんです」

「どうして、殴られたんだ？」

「何でも、料理茶屋の二階で芸者や太鼓持ちと、陽気に呑んでいただけだそうです」

「それだけで？」

「橋爪さまの虫の居所が悪かったのかもしれません」

「それは誰から聞いたんだ」

「あそこの蕎麦屋で食べていたときに、おかみさんが」

炭団売りは数軒先を指で示した。九郎兵衛は男と別れ、蕎麦屋へ向かった。門口に柳の木がある店で、九郎兵衛が入ろうとすると、二人連れの武士が勘定を済ませて出るところだった。

土間に入ると、五十過ぎの店の女が食べ終えた器を運びながら、

「すぐにご案内しますので」

と、奥へ入って行った。

女はすぐに戻って来て、

「お待たせ致しました。あちらの小上がりへ」

と、案内しようとする。

「客じゃない。橋爪殿のことで、ききたいことがあるのだ」

九郎兵衛は言った。

「はい」

　女は何だろうという風に頷いた。

「さっき、炭団売りから聞いたのだが、橋爪殿が『足立屋』の旦那を殴ったらしいな」

「ええ、橋爪さまはたまにお仲間とこちらにお越しになるのですが、そんな人には見えないので驚きました」

「誰から聞いたのだ」

「『足立屋』の手代がうちに来たときに、そんなことを口にしていました」

「普段の橋爪殿はどんな人なのだ」

　九郎兵衛はきいた。

「偉ぶることもなく、お仲間といらっしゃるときにも、静かに食べています」

「急に怒り出すようなことはないのか」

「一度もありません」

「近所での評判は？」

「腰の低い方でしたから、嫌う人はいないと思いますよ。それに、決していい暮らしではないのでしょうが、金に困った人があれば食事なんかも与えていたようです。ただ、横柄な態度を取る人に対してはよく注意をしていましたね。あとは町人を苛《いじ》める武士なんかも許せないと言っていました。でも、いきなり殴るような方だとは思いませんでした。それに、この間の殺しでも……」

女は信じられないという顔をした。

九郎兵衛は『足立屋』の場所をきいて、蕎麦屋を出た。『足立屋』は浜松町の小田原《おだわら》藩上屋敷の近くにあるという。

増上寺の方に向けて歩き出した。汐留《しおどめ》橋を渡り、しばらく真っすぐ進む。宇田川《うだがわ》を越え、神明町《しんめいちょう》を通り抜けると浜松町であった。

自身番で『足立屋』の場所をきこうと思ったが、すぐに店の大きな看板が見えた。土蔵造りの大きな店構えで、夕陽を浴びて漆黒の瓦屋根が輝いている。屋根に烏《からす》が何羽も止まっていて、九郎兵衛が店に入るのを見計らうように鳴き声を上げた。

土間に足を踏み入れると、

「いらっしゃいまし」

帳場にいた番頭風の男が声をかけてきた。

「旦那はいるか」

「ええ、いま奥に。どちらさまで？」

番頭は不審そうにきく。

「松永九郎兵衛という者だ。橋爪主税殿のことできたいことがあると伝えてくれ」

「橋爪さまのことで……」

番頭はそう言ってから、奥へ行った。

それから、五十半ばくらいの白髪交じりで脂《あぶら》ぎった顔の男がやって来た。強欲そうな感じが漂っていた。

「橋爪さまのことで話があるとか」

旦那が訝しそうにきく。

「そうだ、ふた月程前に橋爪殿にいきなり殴られたそうだな」

九郎兵衛は切り出した。

「ええ」

旦那は見定めるような目をしながらも頷く。

「芸者と太鼓持ちがいたので少し騒がしかったのかもしれませんが、いきなり座敷に入って来て殴ってきました」

「殴られたあと、どうしたんだ」

「相手は武士ですから、何も出来ず、こちらが謝りました」

「それ以前にも、橋爪殿と何か揉め事があったのか」

「いえ、まったく。橋爪さまとは面識があった程度です」

「そうか。殴られたあとに、再び橋爪殿と会うこともあったのか」

「ありません」

旦那は否定してから、

「どうして、そんなことをおききになるのですか?」

「橋爪という男がそんな融通の利かない面倒臭い男なのか確かめただけだ」

九郎兵衛は答えた。

「そうでございましたか」

旦那は怪訝《けげん》そうに頷いた。

「邪魔をしたな」

九郎兵衛は『足立屋』を後にした。橋爪という武士がよく摑めないままであった。

二

夜も深くなった。

線香の煙が漂う。死んだ秋月の為に、九郎兵衛は猪口に酒を注いだ。秋月との思い出に浸《ひた》りながら、独り酒を呑んでいた。

刀を抜くつもりはなかった。四角い形の団扇をまるで自分が初めて作ったかのように売り出していたことに腹を立てていた。それを止めさせれば何も問題はなかった。

沖貞弘の屋敷に乗り込み、苦情を言った。

しかし、沖貞弘は「お前が先に思いつこうが、世間では俺が考えたものだと思われている。いまさら作るのを止めるなど出来ない」と一向に言うことを聞いてくれなかった。それから、団扇のことだけでなく、日頃の沖貞弘の横柄《おうへい》な態度のことで文句を言った。

　言い争っているうちに、気が付いたら腰に手を遣り、一刀のもとに斬り捨ててい
た。
　九郎兵衛の頭は真っ白になっていた。どうしていいのかわからず、とりあえず一
番信頼のおける秋月鉄太郎の屋敷へ向かった。
　途中で知り合いの武士に出くわし、
「松永殿、その血は？」
と、着物を指して言われた。
　九郎兵衛は言い訳も思いつかず、その武士を振り切った。
　後になって知ったのだが、その者がすぐに目付の沖林太郎に告げたことにより、
沖貞弘殺しは九郎兵衛の仕業だと判明した。
　秋月の屋敷に着くと、裏口から入った。
　奉公人が驚いたように目を剝《む》いていたが、すぐに奥の部屋に通してくれた。
　秋月は九郎兵衛を見るなり、
「松永、その血はどうした」
と、声を上げた。

「沖貞弘を斬ってしまった」

「まさか、団扇の件で？」

「殺すつもりはなかった」

「どこで斬ったのだ？」

「あいつの屋敷だ」

「では、もう家来に死体は見つかっているな」

「それに、途中で人と会った。俺の血を見て、何かきいて来たが、振り切って逃げて来たんだ」

「どうするつもりだ？」

「わからない。何も考えられぬのだ！」

九郎兵衛は慌てていたが、秋月は冷静であった。

「お前だけでなく、あいつにも落ち度がある。捕まったとして、死罪にまでなるかどうか。ただ、目付は兄の沖林太郎だ。厳しい調べになるだろう」

秋月は厳しい顔で言い、

「もう目付の耳には届いているかもしれない。屋敷に帰れば、すぐにでも捕らえられる。俺が何か策を練るから、しばらくここにいるんだ」

「かたじけない」

下手人の九郎兵衛を庇えば、秋月も罪に問われるかもしれない。それなのに、親切にしてくれたことに、思わず涙がこぼれた。

それから少し経って、沖林太郎が秋月の屋敷にやって来た。

九郎兵衛は押し入れに隠れていた。

見つかれば、縄をかけられるかもしれないと覚悟していたが、秋月がうまく追い返してくれた。

「沖林太郎は俺が匿っていると疑っているが、屋敷の中を探していいと言うと、ここにはいないと思ったようで、急いで立ち去った」

秋月が教えてくれた。

「恩に着る」

九郎兵衛は深々と頭を下げた。

「だが、いつまでもここにいられない。屋敷は手が回っているだろう。夜に丸亀を発《た》て。家の者には、俺からうまく伝えておく」

秋月は当面の間困らないように、路銀を用意してくれた。

そして、夜になり、闇に紛れて丸亀を後にして、江戸に出た。

それから、十年経つ。その間秋月とは一度も会っていない。礼を言いたかったが、丸亀藩の上屋敷には近づけなかった。

まさか、秋月が殺されるとは思っていなかった。

秋月殺しに関して、橋爪が話していることが本当かどうかわからない。だが、もし橋爪が掏摸に遭って、印籠と鉄扇を盗られたのであれば……。

そんなことに、想いを巡らせていた。

どぶ板の上を歩く音が聞こえると、すぐに半次が九郎兵衛の家に入って来て、

「旦那、探って来やしたぜ」

と、ひそやかな声で言った。

「どうだった」

九郎兵衛は猪口に残っていた酒を呑み干す。

半次は部屋に上がり、「今日は用意がいいじゃねえですか」と九郎兵衛の傍に置いてある猪口に手を伸ばそうとした。

九郎兵衛はその手を叩く。

「それは秋月のだ」

神妙な声で言う。

いつもだったら冗談めかして何か言い返す半次も「すみません」と素直に謝った。

「湯呑を使え」

九郎兵衛は台所を指した。

「へい」

半次は言われた通りにして、九郎兵衛の前に座り、湯呑に酒を注いだ。

酒を舐めるように呑みながら、

「例の中間に会って来ました。やっぱし、沖は江戸に来ていました。ひと月ほど前だそうです。何のために来たのかは、わからないと言っています」

「沖は来ていたのか。橋爪が言っていることは嘘ではないかもしれないな……」

九郎兵衛は考えるように言った。

「橋爪っていうと、小網町の舟宿にいた武士のことですか」

「そうだ。橋爪が秋月殺しで捕まった」

駒三から聞いた話を全て伝えた。

「だが、俺は少し腑に落ちないんだ」

「まさか、橋爪の言うことを信じるんですか？」

半次が顔を覗き込むようにきいた。

「わからない。だが、女掏摸のことを同心の関は調べもしなかった」

「じゃあ、女掏摸のことは小春にきけば何かわかるかもしれないので、明日にでも行って来ます」

外では「雪だ」と子どもの声が聞こえてきた。「いいから、早く寝なさい」と叱りつける母の声もする。

「雪が積もるといけねえんで、もう帰ります」

半次は帰って行った。

独りになって、また秋月とのことに想いを馳せた。

三

笄《こうがい》橋を渡って渋谷に入ると、野原の中に長谷寺《はせでら》の表門がそびえていた。曹洞宗《そうとう》の古寺で、二万坪近い境内には鬱蒼《うっそう》とした場所があり、松や杉の大樹が枝を連ねている。門前には、腰掛茶屋や土産物を売る店などが軒を並べ、繁昌していた。

自身番でお駒の住まいをきくと、料理茶屋の脇を入ったところにある二階建ての二軒長屋で、隣には長唄の三味線弾きの女が住んでいると教えられた。

長屋木戸をくぐると、手前の家から妙に色っぽい年増の女が出て来て、三味線の箱を持った男も続いて現れた。

「すみません。こちらがお駒さんのお家だと伺ったのですが」

巳之助はふたりに近づき、隣の家をちらっと見て言った。

「そうよ。お駒さんに何か用なの？」

女がきき返す。

「はい」

「ここ二日くらい帰っていないよ」

「二日帰っていない？」

巳之助はきき返す。

「多分、旦那のところにいるのかもしれないね」

手習いの師匠は曖昧に答える。

「旦那というと？」

「お駒さんの相手のお武家さまだよ。たまに来ているから、その方がお駒さんを囲っているんじゃないかと勝手に思っているんだけど」

「どんな方なんですか」

巳之助はきいた。

「三十半ばくらいかしら。いつも夕過ぎに来ますし、頭巾を被っているのでよくわからないのよ」

女が答えた。

そのとき、「いかけえ、いかけ」と売り声をかけた男が長屋の路地に入って来た。

鋳掛屋は巳之助を見るなり、

「お前さんも鋳掛屋か？」

と、険しい目つきを向けてきた。

「ええ」

巳之助は答える。

「ここらは俺が回っているんだ。邪魔しないでもらいてえな」

鋳掛屋は舌打ち交じりに言う。

「いえ、商売で来たんじゃないんです」

「商売じゃない？」

「お駒さんを訪ねに来たんだよ」

女が口を挟んだ。

「ああ、そっちの口か」

鋳掛屋はうすら笑いを浮かべた。

「お駒さんとは親しいんですか？」

「親しいってわけでもねえが、まったく知らないわけでもない」

鋳掛屋は煮え切らない。

「振られたんだよ」

女が、揶揄《からか》うように言う。

「師匠、そんなんじゃありませんよ」

鋳掛屋が向きになって言い返した。

「嘘ばっかり」

女は軽く笑って、去って行った。

「お駒さんについて、何か知っていることがあれば教えてください」

巳之助は鋳掛屋に頼んだ。

「そうだな。色々あるけど」

鋳掛屋はお駒について独りで喋り出した。

お駒がこの長屋に越して来たのは、一年ほど前であった。美人だから、すぐに近所の若い者たちの噂になった。皆が下心を持って近づいていたが、誰にも振り向かなかった。『仙台屋』という道具屋に勤めていると聞き、店の前を通ってみると、なかなか乙な店構えだった。

「『仙台屋』の旦那のことはよく知らなかったが、噂では町の人たちに親切にしているらしい。それに、顔も好いし、お駒さんは『仙台屋』の旦那の女かと思ったんだが、そうじゃないとすぐにわかった」

「と、言うと？」

「引っ越してから十日後くらいの夜に、頭巾を被った武士がやって来たんだ。何を話しているのかまでは聞こえなかったが、どうやら徒《ただ》ならぬ間柄だということだけはわかった。羽織を着ていたし、どこかに仕えているようだった。おそらく、お駒はその武士の妾《めかけ》かなんかだろう」

「その武士は三十半ばくらいの？」

巳之助はきいた。

「そうだ。その男を知っているのか」

「ええ、まあ。ところで、この辺りで、お駒さんと親しい人を知りませんか？」

巳之助は最後に訊ねた。

「親しい人といえば……」

鋳掛屋は腕を組んで考える。

「あの按摩《あんま》なら知っているかもしれねえ」

「按摩？」

「名前はうろ覚えだが、お駒がよく呼ぶ按摩がいるんだ。確か、安一《やすいち》と言ったな」

鋳掛屋が思い出したように言った。

「どこに住んでいる方ですか？」

「一本先の路地のとば口の家だ」

巳之助は長屋の路地を出た。

一本先の路地に入り、長屋木戸をくぐり、とば口の二階長屋の腰高障子を開けた。

安一はいなかった。

隣に住むおかみさんにきくと、いつも一旦暮れ六つ（午後六時）過ぎに帰って来ると言っていた。巳之助はそれまで近所でさらにお駒のことを訊ねて回った。だが、特に目ぼしいことはわからなかった。

やがて、暮れ六つの鐘が鳴った。

巳之助は再び、安一の住む長屋へ行くと、とば口の家から物音が聞こえてきた。

腰高障子を開けて、土間に足を踏み入れた。

四畳半の真ん中に、四十くらいの面長で禿頭《とくとう》の小柄な男が座っていた。

「鋳掛屋の巳之助と申します。ちょっと、お駒さんのことで伺いたいことがございまして」

巳之助が言うと、安一はまるで目が見えるかのように顔を向けた。

「お駒さん？　あの人がどうかされましたか」

「この二日間、帰っていないようで」

「帰っていない？」

「ええ、お駒さんが勤めている『仙台屋』の旦那も心配しているんです」

「まさか、あのときのことでは……」

　安一は呟いた。

「何か心当たりが？」

「二日前に、浜松町の小田原藩上屋敷の近くでお駒さんとすれ違ったと思うんです。確かにお駒さんの声でした」

　安一は白目を剥いて言った。

「お駒さんの声？　ということは、誰かと話していたのですね」

「ええ、男の方でした。ちょっと、深みのある声で、三十半ばぐらいに思えました」

　安一は語る。

　浜松町といえば、増上寺の近くだ。

門前西町のおかみさんが、お駒がよく増上寺に行っていることを話していた。安一がすれ違ったのが、お駒ということも十分考えられる。

「どんな話をしていたのか覚えていますか」

巳之助はきく。

「詳しいことは忘れましたが、何やら思い詰めたような」

「思い詰めた……」

橋爪のことと関係しているのだろうか。

「浜松町ということは確かなんですね」

「ええ、間違いありません」

安一は自信ありげに頷いた。

巳之助は礼を言い、長屋を出て浜松町へ向かった。

昨夜の雪が固まり、滑りやすくなっていた。門前西町で、巳之助の前を歩いていた二十一、二くらいの棒手振りは急に尻もちをついて倒れた。ざるの野菜が零《こぼ》れ落ちる。

巳之助は近づき、野菜を拾った。

「すみません」

棒手振りは地面に手を突いて立ち上がる。よく見ると、色白で、なかなか品のよさそうな顔をしている。棒手振りには到底見えなかった。

巳之助が野菜を渡すと、棒手振りは有難そうに受け取り、ざるに戻した。

「こういうときの坂道は腰を落とさないと」

巳之助は教えてやった。

「まだこの仕事を始めたばかりでして。何にも知らないんです。気を付けます」

棒手振りは再び歩き出した。

その背中を見つめながら、何だか、昔の自分を見ているようで放っておけなかった。

「ちょっと買っていきますよ」

巳之助は棒手振りに近寄り、呼びかけた。

「えっ、ありがとうございます」

棒手振りは目を大きく見開いて振り返った。

「ええ。いくつか見繕ってください」

巳之助は財布を取り出す。

「では、こちらの南瓜《かぼちゃ》が大きくていいと思います。あとはこの大根とか……」

棒手振りが野菜を渡そうとしたところ、

「じゃあ、それを頂きます。すみませんが、この野菜を近くの長屋に届けて欲しいんですけど」

巳之助は代金をきき、支払った。

「わかりました。でも、この辺りは詳しくなくて」

「案内しますんで」

「すみません」

ふたりは雪道に気を付けながら、お駒が親切にしているおかみさんが暮らす長屋へ向かった。

長屋木戸をくぐったとき、盥を持ったおかみさんが家の中に入って行くのが見えた。巳之助は声をかけたが、おかみさんは気づかなかった。

「あのおかみさんです」

巳之助が横を見ると、棒手振りは表通りの方に引き返していた。

驚いて追いかけ、

「どうしたんです？」

と、不思議に思った。

「いえ、ちょっと……」

棒手振りが口ごもる。

「ひょっとして、知っているんですか」

「ええ……」

棒手振りは曖昧に答える。

「知っているのに、なぜ逃げたんです？」

「昔、親しかったんですけど……」

棒手振りの歯切れが悪い。

「何です？」

「実はあのおかみさんは、お光《みつ》と言って、元は品川の女なんです。あっしが夢中になって通い詰めていたんです」

と、語り出した。

「私は『芝口屋《しばくち》』の倅《せがれ》で、絹太郎《きぬたろう》と申します」

「『芝口屋』というと、あの簞笥問屋の？」

「ええ」

「かなりの大店《おおだな》じゃありませんか。そこの若旦那だったんですね。何でそこの若旦那が棒手振りをやっているんですか」

「勘当されたんです。だから自分の力で食べていけるように、棒手振りを始めたんです」

「どうして、勘当されたんです？」

「親父の意見を聞かなかったので」

「意見を聞かなかったというと？」

「女のことです」

「よかったら、訳を聞かせてくれませんか」

「他人様にお話し出来るようなことではありません」

「大店の若旦那が棒手振りをしている姿を見捨てておけないんです」

巳之助が真剣な眼差しを向けると、絹太郎はやっと話し出した。

「親父は遊びもしない堅物で、商売に精を出して、店を大きくしてきたんです。そういう父の元で育ったので、私もあまり女遊びをしませんでした。ですが、二年前、近所の仲間に誘われて品川で呑んでいたんです。結構呑みまして、勢いで品川の女郎屋にあがりました」

「そのときの相手が、お光さんなんですね」

「はい。一目惚れしてしまったんです。器量がいいだけでなく、気立ても好く、ますます好きになってしまい……」

「それから、通うようになったんですか」

「ええ、三日後にまた遊びに行きました。すると、お光はとても喜んでくれて、その次は二日後に。それから、毎日のように、お光のところへ通いました」

絹太郎は遠い目をして言った。

「三月も通っていると、親父にそのことが知られてしまいました。女遊びなんてしていたら、この先ろくな者になれない、仕事にだけ精を出すように、と言われました。親父の言うことはもっともなんですけど……」

絹太郎は申し訳なさそうに言い、

「初めは親父の言うことに従って、もうお光とは会わないと決めたんです。ひと月近くは品川に行きませんでした。でも、あるときお光から文が届いたんです」

「文？」

「会えなくて寂しいというものです。私の身に何か起こったのではないかと心配していました」

「それで、会いに行ったのですか」

「はい。手紙を番頭に見られて、『若旦那、これは女郎の手ですから、真に受けないほうがよろしいですよ』と言われました。でも、あのお光に限ってそんなことはない、と思ったんです」

「会いに行って、どうだったんですか？」

「お光は泣いて喜びました。他の客なら、いくら来なくても文を書くようなことはしないと言っていました。それで、お光のことが愛《いと》おしくなり、また通い出したんです。あるとき、お光が孕《はら》んでいることがわかり、身請けしたいと思ったんです」

絹太郎の目が熱くなっていた。

「でも、絹太郎さんとの子どもかわかりませんよね」

「ええ。だけど、いいんです。誰の子であろうと、お光の子には変わりありませんから」

絹太郎はしっかりとした声で答える。

「親父さんや番頭は身請けに反対したんじゃないですか」

巳之助はきいた。

「全ての人が反対しましたよ。女郎に騙されていると言われ続けました」

「でも、身請けしたんですよね」

「はい」

「よく出来ましたね」

「店の金を勝手にくすねたんです」

「くすねた？」

絹太郎がそんな大胆なことをするのに驚いた。

「皆、お光のことを知らないから好き勝手なことを言うんだと思ったんです。お光のことを知れば、許してくれるだろうと思っていました」

「じゃあ、身請けさえしてしまえば、後はどうにかなると？」

「はい、その考えが甘かったんです」

絹太郎はため息をつき、

「身請けした後、『芝口屋』にお光と一緒に戻ると、親父が凄《すご》い剣幕で待っていました。そして、女郎を店には入れないと言い放ち、お光と一緒にいるようであれば、勘当すると怒鳴られたんです」

「それで？」

巳之助は促した。

「お光はとりあえず、本所《ほんじょ》に住む親戚の叔父さんのところに行きました。私は親父ともう一度話し合いました。店の金を勝手に使い込んだことに怒っているのかとも思っていたのですが、女に現《うつつ》を抜かしていることも許せなかったようです。お光のことを説得出来ないとわかって、勘当を受け入れました」

絹太郎は深く息を吸ってから、また続けた。

「翌日の朝、お光を本所に迎えに行ったのですが、すでにいなかったんです」

「いなかった？」

「朝早くに家を出たと叔父さんが言っていました。お光は私のことを考えて、姿を晦《くら》ますことにしたと。だから、探さないでくれという言葉を残して去ったそうです」

絹太郎は寂しそうに言った。

「それから、棒手振りで暮らしを立てているんですね」

「はい。仕事で方々を回って、お光がどこで暮らしているのか探していました」

「せっかく会えたのだから、声をかけたらよかったじゃありませんか」

「そうなんですが……」

絹太郎が口ごもる。

「どうしてですか？　会いたくないんですか」

巳之助の声に、自然と力がこもっていた。

「もちろん、会いたいに決まっています。でも、私ひとりで暮らしていくのさえ精一杯なのに、女房子どもを食べさせていける自信がありません。そういうことを考えると……」

絹太郎は苦しそうに答える。

「差し出がましいようですが、お光さんはたとえ貧しい暮らしであっても、ひとりで子どもを育てています。お前さんの為のことを思ってお光さんは身を引いたのだから、たとえ貧しくても一緒に暮らせれば幸せだと思います。一度会ってみてはいかがですか」

巳之助は説き伏せるように言った。

絹太郎はどこか一点を見つめながら考え出した。やがて……、

「わかりました……」

絹太郎は唇を震わせながら答える。

巳之助は「では、お願いしますよ」とその場を離れ、仙台坂を上がった。

四

坂の途中の『仙台屋』の暖簾をくぐる。

土間に入ると、近くにいた奉公人の増吉がすぐに奥の客間に連れて行ってくれた。

その途中で、「お駒姐《ねえ》さんが、ここのところ『仙台屋』に姿を現していないんです」

と心配そうに呟いた。

廊下を進んだ先にある客間に通されると、すぐに松之助がやって来た。

「お駒さんはこっちにもいないようですね。実はこの二日間、渋谷の長屋に帰っていないようです」

巳之助は伝えた。

「帰っていない？」

「ええ、近所の人がそう言っていました。なので、こちらに泊まり込んでいるのかとも思ったのですが」

「こちらにも来ていません。男のところかもしれません」

松之助が鋭い目つきで言ってから、

「二日前、芝車町の掏摸のことで問い詰めたんです。初めは惚けていましたが、橋爪さまがそのせいで無実の罪で捕まってしまったことを話すと急に顔が青ざめました。巳之助さんがそのことで話があるということも伝えてあります。ただ、それから店を出て行ったきり、戻って来ていないんです」

と、告げた。

お駒は橋爪を罠《わな》にかけることは知らなかったようだ。ということは、やはりお駒は誰かに頼まれただけかもしれない。

「お駒さんらしい女の人が、二日前、浜松町で姿を見られているんです」

巳之助は言った。

「浜松町で?」

「安一という按摩がお駒さんらしい声を聞いたんです」

巳之助はそう言ってから、

「近所の人たちの話だと、たまにやって来る武士は三十半ばくらいの中背の男だそうです。いつも頭巾を被っているので顔はわからないと言っていました」

「そうですか。私が見た男と同じかもしれません。月代《さかやき》も綺麗に剃ってありましたし、身に付けている物も粗末ではありませんでした。なので、どこかに仕官している者だと思います。年は三十半ばくらいでした」

松之助は間を置いてから、さらに続けた。

「江戸の者ではなかったような気がします。言葉がどことなく、西国の者のようでした」

「西国の者……」

巳之助は呟いた。

「とにかく、手前どもも、心当たりのところを探してみます」

松之助はすぐに奉公人の増吉を呼び、浜松町でお駒を探すように全員に伝えてくれと告げた。

「では」

巳之助は立ち上がり、『仙台屋』を出た。

仙台坂を下り、すぐの路地を右に曲がり、裏長屋へ行った。とば口の家の腰高障子を開けると、お光が針仕事をしていた。その横には、赤子がすやすや眠っていた。

「すみません。いま、よろしいですか」

巳之助は声を抑えて言った。

「巳之助さん、どうかされましたか？」

お光は手を止めて、小さな声で返しながら、土間に下りる。ふと、台所を見てみると、南瓜と大根が置いてあった。

巳之助は気を利かせて、外に出た。

「この数日の間に、お駒さんには会いましたか」

巳之助はいきなり切り出した。

「二日前の朝に、うちにやって来ました。そうそう、巳之助さんのことをきいていきました」

「あっしのことを？」

「ええ、どこに住んでいるか知っているかと。前に久松町だと仰っていたので、伝えてしまったのですが……」

お光は、少しばつの悪そうな顔をして、「すみません」と謝った。

「別に気になさらないでください。それより、お駒さんは何の為にあっしの住まいをきいてきたんですかね」

「そこまでは言いませんでした」

「そうですか」

「お駒さんがどうかしたのですか」

お光は心配そうにきく。

「家に帰ってきていないようで、探しているんです。『仙台屋』にも姿を現していいないようで」

「えっ」

お光は不思議そうに言う。

「もしかしたら、男のところじゃないかと思うのですが」

巳之助が言うと、

「男のところですか」

お光は意味ありげに首を傾げた。

「何か心当たりがあるのですか」

巳之助はきく。

「二日前に会ったとき、お駒さんが男のことで、『騙されたかもしれない』と漏らしていたんです」

お光は眉根を寄せて答えた。

橋爪の鉄扇と印籠のことで、何か訴えようとしたのかもしれない。

それならば、もうすでに二日も経っているので、訪ねて来てもいいはずだ。

嫌な予感がした。

「お駒さんはどこかに行くとか言っていませんでしたか？」

巳之助はきいた。

「確か、増上寺の方と」

お光が小さな声で答える。

「増上寺……」

巳之助は繰り返す。

浜松町と近い。増上寺で武士と会っている姿も度々見られている。二日前も増上寺へ行ったのかもしれない。

巳之助は増上寺に向かおうとして出ようとしたとき、

「そういえば、この野菜は巳之助さんが持って来たんですか」

お光が呼び止めた。

「いいえ、私ではありません」

巳之助が首を横に振ると、

「じゃあ……」

絹太郎は名乗り出ることが出来なかったようだ。

「思い当たる人がいるんですね」

「ひょっとしたら」

お光が口ごもる。

「どなたですか」

巳之助は身を乗り出してきく。お光の口からも、絹太郎のことをききたかった。

「腰高障子越しに置いて行った人の影が見えたんです。その影が昔世話になった人に似ているなと思って」

お光は言いにくそうに答える。

『芝口屋』の若旦那の絹太郎に違いない。

「巳之助さんは何か知っているのですか」

お光が食らいつくようにきいてきた。

「置いて行ったのは、絹太郎さんですよ」

巳之助はあっさり答えた。

「やはり、若旦那が……」

お光は目を剝いた。それから、ふと不思議そうに、「どうして、絹太郎さんのことを知っているのですか？」と、きいてきた。

「偶然会ったんです」

「偶然？」

「たまたま目の前を売り歩く棒手振りが雪で滑って尻もちをつきまして、野菜が零れたんです。夕方なのに、まだ野菜が残っていますし、見たところまだ棒手振りの仕事に慣れていないようでしたので、いくらか買うことにしたんです」

巳之助が続けようとしたら、

「待ってください。それが若旦那だったのですか」

と、お光が口を挟んできいた。

「ええ」

「どうして、あの方が棒手振りなんかを？」

「勘当されたんです」

「じゃあ、『芝口屋』に戻らなかったんですか」

お光は愕然《がくぜん》とした。

「ええ」

巳之助は頷き、

「絹太郎さんはあなたのことをずっと想っていたようですよ」

と、添えるように言った。

「…………」

お光は言葉を失っていた。

「絹太郎さんにはお光さんしかいないんです」

巳之助はさらに言う。

「そんな……」

「心底、あなたに惚れきっているんですよ」

「…………」

お光の目が潤む。

「今はお光さんとその子どもを養えないから、ちゃんと稼げるようになってから迎えに来たいと言っていました」

「でも、他の客の子どもかもわからないのにどうして……」

「仮にそうだとしても面倒を見るつもりだと言っていました。それに、あなただって絹太郎さんの子どもだと思ったから産んだのではないですか？」

巳之助は思っていることを口にした。

お光は小さく頷いた。

「あなたは、絹太郎さんのことをどう思っているのですか」

「私は絹太郎さんの為を思って身を引きましたが、絹太郎さんがそこまで想ってくれているなんて……」

「まだ絹太郎さんを想う気持ちがあるのであれば、信じて待っていてください」

巳之助はまるで自分のことのように頼んだ。

「わかりました」

お光は腹を決めたように、大きく息を吸ってから答えた。

「では」

巳之助が去ろうとしたとき、

「あの、絹太郎さんはどこに住んでいるかわかりますか」

と、お光がきいてきた。

「いえ、聞いていません。てっきり、あなたの前に姿を現すものと思っていまして。

でも、また何かわかりましたら、伝えに来ます」

巳之助は長屋を後にした。

町では、年末の慌ただしい雰囲気が漂っている。その中を、巳之助は焦燥を募らせながら、お駒を探しに出かけた。

増上寺の門前町は年の市で賑わっていた。

巳之助は土産物店や腰掛茶屋を一軒ずつ回り、お駒と三十半ばくらいの中背の武士のことをきいて回った。

客が疎《まば》らの腰掛茶屋に入り、茶汲み女にふたりのことを訊ねたところ、

「そのようなおふたりをお見かけしました。奥の床几《しょうぎ》に腰を掛けて、神妙な顔をして話をしていました」

「本当ですか?」

巳之助は思わずきき返した。

「ええ、あちらに」

いまは誰も座っていない二人掛けの床几を差した。その床几があるところだけ奥

に引っ込んでいるような店の造りであった。あえて、その場所を選んだのだろうか

との思いが頭の中で駆け巡る。

「ふたりとも初めて見かける顔でしたか」

「はい」

茶汲み女が頷いた後、

「といっても、毎日色々なお客さまがお越しになっていますから、一度や二度くらい来たことがあっても、覚えていないこともよくあります。女の方はなかなかいないような綺麗な方だったので一度会ったら忘れないと思うのですが。お武家さまは顔すらよく覚えていません」

と、自信なげに答える。

「ふたりが来たのは、何時くらいでしたか」

「七つ（午後四時）過ぎでした」

「そのとき、この店は混んでいましたか」

「いえ、このくらいですね。ちょっと、外れにあるので、いっぱいになることも滅多にないんです」

茶汲み女は淡々と答える。

「そのとき、常連のお客さんはいましたか」

「いえ、いませんでした」

「働いていたのは、あなただけですか」

「奥で茶を淹《い》れるのがもうひとりいるのですが、お客さまの前には現れないので、何も知らないと思います」

「ふたりはどんな関係のように見えましたか？」

と、きいた。

「どんな関係と言われても……」

茶汲み女が困ったように答える。

「夫婦のようだとか」

巳之助は言葉を足した。

「いえ、そんな感じはありません。ふたりの話し声が少し聞こえてきたのですが、言葉遣いもどこかよそよそしかったですから」

「どんなことを話していたのかわかりますか」

「いえ、そこまでは……」

茶汲み女は答えてから、

「でも、帰り際に、女の方がお武家さまに向かって、『私を騙したのですか』と確かめていました」

お光には、騙されたかもしれないと語っている。この茶屋に来ていた女がお駒に違いない。

「その前後の会話は覚えていませんか」

巳之助は身を乗り出すようにきいた。

「えーと……」

茶汲み女は考えるように顎に手を遣った。

しばらく、思い出そうとしていたが、終いには首を横に振った。

「店を出てから、どっちの方へ向かったかわかりますか」

巳之助はさらにきいた。

「いえ」

茶汲み女は首を横に振ってから、「あっ、そうだ」と思い出したように軽く手を叩いた。

巳之助の顔を改めて見て、

「女の方は急いで帰らなくちゃと言っていました」

と、告げる。

帰るというのは、どこにだろうか。お駒の住んでいる長屋のことか。もしくは、『仙台屋』ということもあり得るのだろうか。だが、それからすぐにふたりは別れたのかもしれない。

巳之助は腰掛茶屋を出てから、また近くできき込みを始めた。しかし、ふたりの姿を見たという者は他に現れなかった。

五

その日の夕刻、九郎兵衛は再び木挽町の橋爪主税の屋敷に顔を出した。相変わらず、橋爪の家来たちは慌ただしそうだった。若党の石川福吉が九郎兵衛を見るなり、

「確か、松永さまでしたね。この間は失礼致しました」と頭を下げた。

福吉は少し考えてから、

「失礼ですが、旦那さまとはどのような間柄ですか」

と、きいてきた。

「関係はない。ただ、殺された秋月鉄太郎の知り合いだ」

九郎兵衛の言葉に福吉は目を剝き、

「秋月さまの？」

福吉は驚き、

「旦那さまは秋月さまを殺してはおりません」

と、言い張った。

「岡っ引きも、橋爪殿が否定していると話していた。決め手となった、鉄扇と印籠は盗まれたものだと言っているとか」

「はい。芝車町で、女掏摸に遭ったものでございます」

福吉は急《せ》くように、早口になる。

「それは本当なのか？」

九郎兵衛は確かめる。

「間違いありません。それに、よく出入りしていた鋳掛屋が調べてくれているんです。いまも橋爪さまの無実を晴らすために、動いています」

「鋳掛屋だと？」

「はい」

「何ていう男だ」

「日本橋久松町の巳之助さんです」

福吉は、はっきりとした声で言った。

「なに、巳之助？」

九郎兵衛は思わずきき返した。

「ご存知なのですか？」

「ああ、少し」

九郎兵衛は頷く。あの巳之助が調べているのであれば、あながち嘘ではなさそうだ。そういえば、少し前に半次が巳之助のことを話していた。知り合いの御家人が掏摸に遭って、そのことで調べていると言っていた。

「そういえば、橋爪殿は『足立屋』の旦那と揉めたそうだな」

九郎兵衛は言った。

「ええ」

福吉が気まずそうに頷いた。

「料理茶屋の二階で呑んでいるところをいきなり殴ったとか」

「いえ、違います」

福吉はすぐさま否定する。

「違う？」

「旦那さまが料理茶屋の前を通ると、二階から怒声が聞こえてきたそうで、見上げると障子越しに足立屋が太鼓持ちを殴っているのを見たそうです。それも一度ではなく、何度も。それで、橋爪さまはすぐさま店に入り、諫《いさ》めたそうです。そのときに旦那さまの手が足立屋にちょっと当たっただけのことです」

福吉は必死になって語った。嘘をついているようには見えなかった。

炭団売りや蕎麦屋の女によると、橋爪は真面目過ぎる性格だが、むやみに殴るような者ではなさそうだ。福吉が言っていることの方が正しい気がする。

「松永さま、旦那さまが下手人ということはありません。旦那さまは嵌められたのでございます」

福吉がもう一度、力強い声で説得するように話した。

「そうだな」

九郎兵衛は小さく答えて、屋敷を去った。

背中に西陽を受けながら、日本橋久松町へ向かった。


暮れ六つ（午後六時）の鐘が侘しく鳴っていた。

長屋木戸をくぐると、焼き魚の香ばしい匂いが漂ってきた。九郎兵衛は巳之助の家の腰高障子を開けて、土間に入った。

商売道具を布で磨いている巳之助が振り向いた。

「三日月の旦那」

巳之助が顔色を変えずに言う。

「橋爪主税のことできたいことがある」

九郎兵衛はいきなり切り出した。

「橋爪さまをご存知で？」

巳之助は驚いたように声を上げる。

「殺された秋月は俺の昔の朋輩だ」

九郎兵衛は答えた。

巳之助は姿勢を正した。

「橋爪さまは下手人ではありません。あれは嵌められたんです」

巳之助がさらに続けようとしたが、

「わかっている。さっき、石川という若党に会って話を聞いた。俺も橋爪が下手人だと決めつけているわけではない」

九郎兵衛が口を挟んだ。

「真の下手人に、思い当たる節があるのですか」

巳之助が真剣な顔できく。

「殺しに関わっているかどうかわからないが、秋月は昔、沖林太郎という目付といざこざがあった」

と、九郎兵衛は十年前、沖の弟を自分が殺し、秋月が匿ってくれた上に、逃がしてくれたことを話した。

巳之助は大きく頷きながら聞いている。

「秋月が誰かの恨みを買うようなことはない。あるとしたら、沖だけだ」

九郎兵衛は力強く言う。

「でも、十年も前のことですよね」

巳之助が確かめた。

「だが、その後にも沖と秋月の間に、何かあったということも考えられる」

「秋月さま殺しの下手人は三十半ばくらいで、中背の武士だそうです。沖も同じような容姿なのでしょうか」

「いや、沖は背が高くて、がっちりとした体つきだ。だが、沖が直接手を下していなかったとしても、殺しに関わっているかもしれない。ともかく、女掏摸が誰なのかわかればいいのだが……」

九郎兵衛は巳之助を真っすぐに見て言った。

「それはわかっています」

巳之助が答える。

「なに、誰なんだ？」

『仙台屋』のお駒という女です」

「じゃあ、お駒に話をきけば」

「それが……」

巳之助は苦い顔をする。

「どうしたんだ」

九郎兵衛がきいた。

「この二日間、行方がわからないんです」

「なに？」

「二日前の夕方、浜松町で見られたのを最後に行方がわかりません。安一という按摩が、お駒さんに似た声を聞いています。武士と一緒にいたようです」

「武士か。それが、沖ということは……」

九郎兵衛は考えるように呟いた。

「沖ではないと思います。渋谷の長屋にたまに訪ねて来る武士がいるそうです。それがお駒さんを囲っている男のようです」

「確かに。沖は普段、丸亀藩にいるからな」

九郎兵衛は難しい顔をして答える。

「ともかく、いま『仙台屋』の奉公人たちが探しているところです。ただ……」

巳之助は思い詰めるように言った。

「ただ、なんだ」

九郎兵衛はきき返した。

「お駒さんは門前西町のお光さんに、あっしの住まいをきいているんです。それなのに、訪ねて来ていないことが気になります」

巳之助が不安そうに言った。

九郎兵衛はしばらく黙って、考え込んだ。

やはり、お駒の身に何かあったのではないかと、胸騒ぎがした。

六

その日の夜、巳之助は突然目を開けた。

夜の静けさの中に、野良犬の声が喧しかった。吠えているのは一匹だけではなさそうだ。しかも、野良犬の声は近くからだった。

隣の家からは「うるさいね」とおかみさんの声がする。

「まったくだ。追い払って来てやる」と、野菜の棒手振りの庄助《しょうすけ》が言い、戸が開く音が聞こえた。

巳之助も体を起こし、帯を軽く締め直すと、外に出た。

月や星が雲に隠れ、僅かな明かりの中で、隣の戸口には箒を手にした庄助が立っていた。長屋木戸の方へ顔を向けている。

「どうしたんでしょうね」

巳之助が声をかけると、庄助は振り返った。

「誰か来たんだろう。それにしても、いい迷惑だ」

庄助は呆れたように言い、

「ちょっと、追い払って来てやる」

と、箒を槍のように構えて意気込んでいる。

「危ないですよ。悪い奴が逃げているのだとしたら」

「なに、平気だ」

庄助は長屋木戸の方へ進んだ。

巳之助も付いて行った。

通りに出て、左右を見渡す。

すでに犬の鳴き声は止んでいた。

庄助はその場に留まって様子を窺っていたが、犬の鳴き声はもう聞こえなかった。

「巳之さん、帰るぞ」と、引き上げた。

巳之助は庄助から少し遅れて長屋に戻った。何となく、近くに誰かが潜んでいるような気がした。


翌日の朝、巳之助が長屋木戸をくぐって、表通りに出ると、やけに人出があった。

近くを通る職人風の男ふたりが、

「殺されたのは女だってよ」

と、不謹慎にも浮かれた声で話しているのが聞こえた。

巳之助はふたりに付いて行った。二本先の路地を右に折れた空き地に二十人近くが集まっていた。

隣で背伸びしながら、様子を見ている商人風の男に話しかけたら、

「誰が殺されたのか、まだわかりません。ただ、綺麗な人が殺されたと聞いたんで、駆け付けたんです」

と、返ってきた。

胸騒ぎがしてならなかった。

巳之助は様子を窺いたかったが、野次馬たちが押し合っていて、なかなか前には行けなかった。後ろを振り返ると、まだ何人か新たに集まっていた。皆、美人が殺されているということを聞きつけて来たらしかった。

しばらく、何も出来ずにその場に留まっていたが、やがて同心の関小十郎と岡っ引きの駒三がやって来て、人混みを真っ二つに割るように進んで行った。巳之助はふたりの後ろに付き、前へ進んだ。

町役人が何人か筵《むしろ》の傍に立っていた。筵からは白い足がはみ出していた。

関が筵を捲ると、うつ伏せに倒れた女の姿が見えた。

背中には斬りつけられたように着物が破れ、血が滲んでいる。

「一刀のもとにやられたんだな」

関が重たい声で言い、女を仰向けにした。

お駒であった。

口元が苦しんでいるかのように歪《ゆが》んでいた。

巳之助は、声を出しそうになるのを必死にこらえた。

死体の傍に近寄った。

複雑な思いで見つめていると、

「お前、この女を知っているのか」

駒三がきいてきた。

「どこかで見たような気がしますが……」

巳之助はお駒のことを話していいのか迷った。

「誰だ？」

駒三は、さらにきいてくる。

「すぐに思い出せないのですが……」

巳之助は首を捻りながら、

「ただ、夜中にこっちの方から犬の鳴き声がやけにうるさく聞こえてきました。いま思えば、この死体を見つけたのかもしれません」

と、言った。

「殺されたのは、昨日の夜四つ（午後十時）前だ。夜は人が通らないから、朝まで死体が見つからなかったのだろうな」

関がお駒の死体を見つめながら呟く。

「何か思い出したら、報せてくれ」

駒三は巳之助に言い、

「次！」

と、呼びかける。

巳之助が曖昧に答えたからか、駒三は後ろに並んでいる者に死体を見させた。

お駒が殺されたのは、橋爪のことも関係しているのだろうか。もしかしたら、自分に会いに来る途中で殺されたのではないか。

ともかく、お駒の死を松之助に伝えなければと、巳之助は『仙台屋』へ足を急がせた。

『仙台屋』には昼前に着いた。店には相変わらず客がおらず、値の張りそうな古道具が店先に並んでいる。

「巳之助です」

声を上げると、廊下の奥から増吉が現れた。

「まだお駒姐さんの行方は……」

増吉が心配そうな顔をする。

「実は……」

巳之助は言い淀んだ。

増吉が続きを促すように、じっと見てくる。

「今朝、あっしの住んでいる長屋の近くで、お駒さんの死体が見つかりました。背中から斬りつけられていたようで」

巳之助は言いにくかったが、思い切って告げた。

「姐さんが……」

増吉は膝から崩れ落ちる。それから、嗚咽《おえつ》を漏らして泣き出した。

そのとき、廊下の奥に松之助が現れた。松之助は何事かと早足で寄って来た。

「どうしたんだ」

松之助が増吉にきく。

増吉は息が荒く答えられない。

「お駒さんが殺されたんです」

巳之助は静かに告げた。

「…………」

松之助は険しい顔をして、どこか一点を見つめていた。

「まだ詳しいことはわかりません。ですが、あっしを訪ねる途中で殺されたのかもしれません」

巳之助が言うと、

「もしや、橋爪さまの掏摸の件と、お駒の殺しは何か結び付いているんですかね」

松之助が重たい声を出す。

「そうかもしれません。あの死体は『仙台屋』のお駒さんだと、岡っ引きに話していいですか」

「いずれ知られることだから、構いません」

「わかりました。そしたら、お駒さんの殺された詳しい経緯をきいてみます」

巳之助は『仙台屋』を後にした。

いまにも雪が降り出しそうな黒い雲が低く広がっていた。

店を出てすぐのところに、天秤棒を担いで売り声をかけて歩く絹太郎の後ろ姿を見かけた。

「絹太郎さん」

巳之助は近づいて、声をかけた。

「あ、巳之助さん」

絹太郎は少し気まずそうに振り返り、頭を下げた。

頬にかすり傷を負っていた。

「昨日、お光さんの前に姿を現さなかったんですね」

「ええ。いざとなると、足がすくんでしまい」

「でも、お光さんは感づいていましたよ」

「感づいていた？」

絹太郎がきき返す。

「障子越しに映る影が、絹太郎さんに似ていたと」

巳之助は自分が色々と話したことは口にしなかった。絹太郎は「そうですか」と下を向いて、何やら考える。

「今日もこちらに回って来ているということは、もしかしてお光さんの様子を？」

巳之助はきいた。

「はい……」

絹太郎は小さな声で答えた。

「会いに行ってください。お光さんは喜ぶと思います」

巳之助は励ますように言う。

「わかりました」

絹太郎は腹を決めたような目をした。

「そういえば、その傷はどうされたのですか」

巳之助は絹太郎の頬を指してきいた。

「これですか……」

絹太郎はその箇所に手を遣り、

「昨日、巳之助さんと別れてから、浜松町の『足立屋』という大店の裏手を通ったんです。そしたら、女中に呼ばれて、野菜をたくさん買ってくださり、頼まれてお勝手まで運んだんです。店を出るとき、蔵の方から女の悲鳴のようなものが聞こえたので、気になって近づいたんです。そしたら、後ろからいきなり引きずり倒されて……」

と、苦笑いした。

「店の者に、ですか？」

「いいえ、三十半ばくらいのお武家さまでした」

「どうして武士が商家に？　しかも、引きずり倒すなんて」

巳之助は口の中で小さく言った。

浜松町といえば、お駒が最後に見られたところだ。しかも、一緒にいた武士は、お駒を囲っていると思われる三十半ばの者だ。

巳之助は絹太郎に別れを告げ、駒三のところへ行くのを止め、九郎兵衛の住む田原町へ足を進めた。

第四章　逆らえなかった命令

一

暮れ六つ（午後六時）の鐘が弁天山《べんてんやま》で鳴っていた。鬢《びん》が乱れるほどの木枯らしが浅草寺の前の大通りに吹き付け、道行く者たちの背中を丸めさせた。巳之助は冷たい風を正面に受けながら、体を前のめりに倒して歩いていた。

田原町の路地に入ると、風はぴたりと止んだ。

一番奥の家の腰高障子を開けて、中に入る。

九郎兵衛はいなかった。部屋は男ひとり所帯らしく、あまり家具がなく、すっきりとしていた。

巳之助は上がり框に腰を掛け、帰りを待った。

絹太郎が言っていた『足立屋』のことが気になっている。浜松町ということで、気にし過ぎているだけだろうか。だが、蔵の中から女の悲鳴のようなものも聞こえたという。それが、お駒ということは……。

やがて、腰高障子が開いた。

巳之助は立ち上がる。

「来ていたのか」

九郎兵衛が口にし、巳之助の脇を通って部屋に上がった。

隅に置いてあった徳利を手にして胡坐をかいた。

「呑むか」

九郎兵衛が巳之助に顔を向けた。

「いえ」

巳之助は真剣な顔のまま答え、再び上がり框に腰を下ろした。

九郎兵衛は片眉を上げて、徳利を戻した。

「何があったんだ」

「お駒が殺されました」

巳之助は重たい声で告げた。

「お駒が……」

九郎兵衛は目を見開く。

「昨日の夜四つ（午後十時）くらいに、あっしの家の近くの空き地で殺されたようです。死体が見つかったのは今朝のことで、まだ下手人は……」

巳之助は首を横に振った。

九郎兵衛は壁の一点を見つめていたが、

「秋月殺しと関係があるかもしれないな」

と、呟いた。

「あっしもそう思います。お駒さんは橋爪さまの鉄扇と印籠を盗んでいますが、お駒さんを囲っていた武士に利用されただけに違いありません。そのせいで、橋爪さまが下手人として捕らえられていることを知り、騙されたと感づいたはずです。門前西町のお光さんにも、最後に会ったときに、そのようなことを暗に言っています」

巳之助はさらに続けようとすると、

「秋月を殺した奴が、お駒も殺したのだな？」

九郎兵衛が口を挟んできいた。

「ええ。お駒はあっしに橋爪さまのことで訴えに来る途中で殺されたのだと思います」

「たまたまお前の家の近くということはないか？」

「お光さんに、あっしの住まいをきいているんですよ？」

「そうだな」

九郎兵衛は腕を組んで唸った。

「さっき、野菜の棒手振りの絹太郎から妙なことを聞いたんです」

巳之助は改まった声で言う。

「妙なこと？」

九郎兵衛がきき返す。

「浜松町の『足立屋』の蔵の方から女の悲鳴が聞こえてきたというんです。確かめに行こうとしたら、いきなり三十半ばくらいの武士に引きずり倒されたそうです」

九郎兵衛は覚えがあるように、目をカッと開き、

「浜松町の『足立屋』と言ったな？」

と、確かめる。

「そうです」

巳之助は勢いよく答える。

「『足立屋』の旦那は以前、橋爪と揉め事を起こしている。旦那が料理茶屋の二階で太鼓持ちを殴っているのを見かけた橋爪が諫めに入ったのだ。そのときに、橋爪の手が旦那に軽く当たったそうだが、旦那はいきなり殴られたと悪口を言いふらしている」

九郎兵衛は語った。

巳之助は注意深く聞きながら、

「橋爪さまとは因縁があるんですね」

と、首を捻った。

「それより、棒手振りを引きずり倒した武士というのが気になるな」

九郎兵衛は厳しい目を光らせた。

「そもそも、『足立屋』というのはどういう店なんですか」

巳之助はきいた。

「近所の人が言うには、元々は香具師《やし》だったそうだが店を持ち、いまでは神社のお札やお守りを卸したり、神具を作る商売を営んでいるそうだ」

九郎兵衛は答えた。

「よく、ただの香具師がそんなに店を大きくしましたね。それにしても、橋爪さまと『足立屋』は因縁があったり、蔵から悲鳴が聞こえてきたり、これは捨ててはおけませんね。今夜、忍び込んでみます」

巳之助は意気込んだ。


その日の夜中、巳之助は黒装束に身を包み、『足立屋』の裏手の塀を飛び越えた。見張りはいないようである。植え込みがあり、奥の方に蔵が見えた。その手前には、井戸がある。足音を消して、蔵へ向かった。

頑丈そうな錠が掛かっている。

懐から細い釘を二本取り出し、差し込む。すぐに錠が外れた。

音を立てないように、重たい扉を慎重に開ける。

中に入った。

火縄に火を点けて、それを頼りに奥に進む。
壁際にはいくつもの桐箱が積んである。箱の中を覗くと、絵馬が大量にあった。
それから、また奥に進んだ。
一か所だけ、不自然に物がどかされたような箇所があった。
近くに緋色《ひいろ》の縮緬《ちりめん》の小さな袋が落ちていた。巳之助が拾い上げると、甘い匂いがした。
「これは……」
巳之助は考えながら、懐に仕舞う。
ひと通り見て回ると、蔵を出た。
再び錠を元に戻して、母屋へ向かった。
東側に大きな木が生えている。
よじ登って、屋根に移り、二階の部屋の手すりに手をかけ、窓をそっと開けた。
研ぎ澄まされた巳之助の目が光る。
この部屋には誰もいなかった。
窓の手すりを乗り越えて、中に忍び込んだ。

その部屋から廊下に出る。近くの部屋からは寝息が聞こえた。

巳之助は二階を探ってから、一階に下りた。

四尺（約一・二メートル）幅の廊下を進んだ。中庭に面した部屋の襖から僅かに灯りが漏れている。

巳之助は忍び足で近づいた。

灯りの点いている部屋の隣の襖をそっと開けて、中を確かめる。仏間のようだ。

巳之助は素早く入り、反対側の襖に耳を当てる。

「何と仰いました！」

張りのある男の声がした。声からして、四十代だろうか。

「静かにしないか」

諫めるような中年のだみ声が聞こえた。

この二人の他には誰もいないようだ。

「ですが、旦那さま。このことで調べられたら……」

「心配するな。先方がうまくやってくれるはずだ」

旦那と言われた男が答える。

「ですが……」

「もうこの件は片付いたのだ」

打ち切るように言い、

「それより、分け前はどうなっている？」

「明日の夕方、話し合うことになっています」

「どこへ行くのだ？」

「増上寺の近くの……」

「ここに来てもらえばいいじゃないか」

「ですが、先方が警戒しているんです」

「どうしてだ」

「国許《くにもと》から厄介な人物が来ているそうです」

「それにしても、そこまで用心する必要はないだろう」

「でも、この間は……」

「運が悪かっただけだ」

「わかりました。まあ、今回で話がつくと思いますので。でも、向こうから参拝の日を増やすと言ってきたのには驚きました」

神社にまつわることらしい。

参拝の日を増やすという言葉が引っ掛かる。

ほとんどの神社であれば、いつでも参拝できるはずだ。

参拝できない神社といえば、大名屋敷の中にあるところだろうか。

人形町《にんぎようちよう》の久留米《くるめ》藩上屋敷にある水天宮《すいてんぐう》は毎月五日の縁日のときだけ開放される。

神田小川町《おがわちよう》の足利《あしかが》藩上屋敷の五十《ごとお》神社は五と十が付く日、丸亀藩の金毘羅神社は毎月十日にだけ庶民の参拝が許されている。

先方とはどこだろうか。

巳之助はしばらく話を聞いてから、『足立屋』の塀を再び乗り越えて外へ出た。


翌日の朝、巳之助は九郎兵衛の長屋に顔を出した。

巳之助は懐から匂い袋を取り出し、

「蔵にはこれが落ちていました」

と、九郎兵衛に差し出した。

九郎兵衛は手に取り、じっくり見つめている。

「お駒があの蔵に閉じ込められていたかまではまだわかりません。蔵の後に母屋に行ったら、旦那と四十代くらいの男が話しているのが聞こえました」

巳之助はそれから昨日盗み聞きしたことを全て話した。

九郎兵衛は深く頷きながら、聞いていた。

話が終わると、

「秋月殺しとは関係あるかどうかわからないが、『足立屋』の旦那は胡散《うさん》臭い」

九郎兵衛が蔑《さげす》むように言った。

「『この件は片付いたのだ』という旦那の言葉が引っ掛かるんです。ひょっとして、お駒殺しに関係しているのかもしれません」

巳之助が九郎兵衛の顔を覗き込むようにきく。

九郎兵衛は首を傾げ、

「お駒かどうか、わからないだろう」

と、慎重になっていた。

「…………」

巳之助は返す言葉に迷った。

確かに、九郎兵衛の言う通り、まだ決めつけるのには早い。だが、橋爪が捕まってから、だいぶ日が経っている。急がなければ、と焦る気持ちばかりが募る。

「絹太郎さんを引きずり倒した武士さえわかれば、何か手掛かりがわかるかもしれませんが……」

巳之助は、ふと呟いた。

「そうか！」

九郎兵衛が、にやりとした。

「何です？」

巳之助がきいた。

「絹太郎のことで、『足立屋』に乗り込めばいいんだ」

「えっ？」

巳之助は一瞬何を言っているのだろうと思ったが、鋭い目つきを見て、九郎兵衛の考えがわかった。

「ともかく、明日の夜、ここに来てくれ」

九郎兵衛は言った。

この件は九郎兵衛に任せようと巳之助は思った。

二

活気づいた声が『足立屋』から聞こえる。

店の暖簾をくぐると、四十代くらいの番頭が顔を向けた。九郎兵衛を見て、苦い顔をする。

「あなたは、確かこの間もいらっしゃった」

「松永九郎兵衛だ」

「また橋爪さまのことですか」

「いや、そんなことではない」

九郎兵衛は低い声で否定して、

「俺の知り合いに何をしてくれたんだ」

と、険しい顔で睨みつける。

一瞬にしてその場が静まり返り、近くにいた出入りの商人たちの視線を感じる。

「お知り合い？　何のことですか」

番頭は、ぽかんとしてきき返す。

「一昨日、野菜の棒手振りが怪我をさせられたんだ」

九郎兵衛は声を張った。

「怪我？」

「まだ傷が残っている。ここに出入りしている武士にやられたと言っている」

「出入りの武士……」

番頭は心当たりがあるのか、顔色が変わった。

「その武士の名前を知りたい」

九郎兵衛は言い放つ。

「何かのお間違えじゃありませんか」

「こっちは怪我をさせられているんだ。つべこべ言わずに、名を教えろ」

九郎兵衛はさらに声を上げた。

「少々お待ちください」

番頭は店の奥へ去った。

出入りの商人たちが横目で九郎兵衛を見ている。

それからしばらくして、番頭が戻って来て、

「こちらへお越し頂けますか」

と、腰を低くして言った。

九郎兵衛は腰から刀を外して右手に持ち替えて店に上がり、廊下を進んだ先にある八畳間に通された。旦那が小難しい顔をして座っていた。

旦那は九郎兵衛を見て、軽く頭を下げる。

九郎兵衛は旦那の正面に腰を下ろした。番頭は去って行った。

「松永さまでしたね」

「そうだ」

「お知り合いが怪我をされたと？」

「一昨日、ここに出入りしている武士に引きずり倒されたんだ」

「それは誰から聞いたのですか」

「本人からだ」

九郎兵衛は言い返す。

「こんなことを言っては申し訳ないのですが、棒手振りに嘘をつかれているんじゃないですか」

旦那が言うのを、

「嘘をつくような男じゃない」

九郎兵衛は即座に否定した。

「ですが、うちに出入りしているお武家さまはおりません」

旦那が大きく首を横に振った。

九郎兵衛は睨みつけ、

「なぜそれほど隠したがるのだ?」

決めつけるように言った。

「なにを仰いますか!」

旦那の声が大きくなる。しかし、慌てて取り繕うように、「少々誤解されているようですね」と言う。

旦那は懐から袱紗を取り出し、九郎兵衛の前に置く。

ざっと五両はあろう。

「その棒手振りが言っていることは事実ではございませんが、もしご迷惑をおかけしたというのであれば謝ります。これで勘弁してください」

旦那は丁寧な口調で言うが、早く追い返したいということが顔にあからさまに表れていた。

九郎兵衛は袱紗に目をくれることもなく、

「これで、怪我をなかったことにする気か！」

と、怒鳴りつけた。

廊下から複数の足音が聞こえ、部屋の前で止まった。

旦那は廊下の方に目をくれる。

「俺はその武士の名前を知りたいだけなんだ」

九郎兵衛はもう一度迫った。

「ですから、手前どもにはそのことに心当たりはございません」

旦那は否定する。

なぜ、そこまで武士の存在を隠すのだろう。

「棒手振りが言うには、蔵から女の悲鳴が聞こえたという」

九郎兵衛が言い添えると、

「ですから、棒手振りが嘘をついているんじゃないですか」

旦那はきっぱりと撥ねつける。

「本当に、そんな事実はないのか」

「何度も言うように、ございません」

「わかった。今日のところはこのまま引き上げる」

九郎兵衛は立ち上がる。

「あの、こちらを」

旦那は五両を勧めてくる。

「こんな腐った金など要らぬ」

九郎兵衛は言い放って、廊下に出た。

案の定、若い男の奉公人たち数名が控えていた。

「どけ」

九郎兵衛は奉公人たちを割って、土間に向かって歩き出す。

背中で、「強請《ゆす》りめ」と奉公人のひとりの吐き捨てるような声が聞こえた。九郎兵衛は振り返ると、旦那がこっちを見ていた。だが、目が合うと不本意そうに頭を下げた。

土間で履物に足を通し、店を出た。

冬晴れの空が澄み渡っていたが、鳥がやけにうるさかった。

昨日、巳之助が盗み聞きした話が頭の中を渦巻いていた。

ふと、尾けられている気配を感じた。九郎兵衛は気づかない振りをして、そのまま歩き続けた。

次の角を曲がったとき、九郎兵衛は空き地で待ち伏せをした。

浅黒い肌の男と、細い目の男が現れる。ふたりは驚いたように声を上げる。

「何で尾けている？」

九郎兵衛はふたりに近づき、険しい表情で迫る。

「いえ……」

浅黒い男が口ごもる。

九郎兵衛はもうひとりに顔を向ける。細い目の男は何も喋らなかった。

「旦那に指示されたのか」

「………」

「それとも、番頭か？」

「………」

「何とか言え」

九郎兵衛は刀の柄に手をかけた。

「旦那さまでございます」

浅黒い男が小さく答えた。

「旦那は俺の何を調べて来いと言っていたのだ」

「………」

「おい、黙っていても良いことはないぞ」

九郎兵衛は睨みつける。

「ただ、住まいを調べて来いというだけです。それ以外には何もありません」

浅黒い男が答えた。

「田原町に住んでいる。何かあるなら自らやって来いと旦那に伝えておけ」

九郎兵衛は叱りつけるように言った。

ふたりは逃げるように去って行った。

今夜にでも、俺を襲うつもりだったのか。襲って来るなら、返り討ちにするまでだ。最近、刀を抜いていないので、久しぶりにやり合いたい。

九郎兵衛は腕を鳴らしながら、空き地を離れた。少し歩くと、髪結床《かみゆいどこ》があった。

ふと、「『足立屋』が……」という声が聞こえた。

九郎兵衛は釣られるように、髪結床に入った。

先客が三人待っている。皆、どこかの商家の者たちのようであった。

「すみません。少しかかりそうですけど」

髪結が言う。

「いや、客ではない」

九郎兵衛は答え、客たちに近づいた。三人は気味悪がるように九郎兵衛を見る。

「さっき、『足立屋』のことを言っていたな」

九郎兵衛はそれぞれを見渡した。

「いえ」

ひとりが首を横に振る。

「俺は『足立屋』と親しいわけではない。さっき、ちょっと用があって『足立屋』に行ったら、奉公人に後を尾けられたんだ。旦那が俺のことを疑っているらしい。一体、あの旦那は何者だろうと思ってきいたまでだ」

九郎兵衛が淡々と話すと、三人のうちの一番年嵩《としかさ》の男が、

「そうでしたか。あっしは大工なんですが、この間、母屋の修繕をしたときに、随分と叱られたんです。そのことを話していたまでです」

と、答える。

「いつも偉そうにして、鼻につきます」

もうひとりが苦々しく言った。

「元々はただの香具師ですのにね」

一番若そうに見える男が小馬鹿にしたように答える。

「近所の評判も悪いのか？」

九郎兵衛は年嵩の男にきいた。

「半々ですかね。金払いはいいので、有難がっている人もいます」

「番頭はどんな奴なんだ」

「『足立屋』という大きな看板を背負っているので、旦那と同様に威張り散らしていますよ。頭はいいのでしょうが小心者で、ひとりでは何も出来ないんですよ」

「『足立屋』に武士が出入りしていることはないか」

九郎兵衛は最後にきいた。

「さあ、そこまでは……」

皆知らないようだった。

「邪魔をした」

九郎兵衛はそう言って、髪結床を出た。


陽がだいぶ落ち、通りに長い影が映ってきた頃、『足立屋』の番頭の姿が見えた。

傍には体の大きな奉公人がふたりいた。

九郎兵衛は勘定を済ませると、腰掛茶屋を出て、番頭を尾ける。

番頭たちは後ろに気づく気配もない。

三人は浜松町から東海道をしばらく進み、やがて増上寺の門前町に入った。

山門の方へ行き、途中で路地に入った。何度か道を曲がりくねったところにある、少し傾いている古めかしい二階屋の裏の戸口を入った。囲いの中からは枯れ木が何本も見えた。九郎兵衛は少し離れたところから、その家の様子を窺った。

ただでさえ、陽が差し込まない暗い路地にあるのに、二階には窓さえない。

しばらくすると、頭巾を被った背の高いがっしりとした体つきの武士が現れた。二階屋の前に立ち、じっと見つめていた。

九郎兵衛は、はっとした。

刀の柄に手をかけながら、足音を立てないように武士に近づいた。

だが、あと十歩程のところで、相手は気が付いて顔を向けた。

突然、逃げ出した。

「待て」

九郎兵衛も追いかける。

次の角を右に曲がり、その次は左に折れる。そのまま真っすぐ進むと大通りに出た。だが、すぐに次の路地を入る。

行く手には小さな神社があった。

相手は鳥居をくぐった。九郎兵衛も続いた。

境内には、他に誰もいない。

頭巾を被った武士は神殿を背にして、振り返った。西陽が眩しく、妙にいらだたしかった。

相手の目が鋭く光る。

九郎兵衛はきく。

「なぜ逃げたんだ」

「…………」

相手は答えない。

九郎兵衛は刀を抜いて身構えた。と同時に、相手も素早く抜いた。

「沖林太郎だな」

九郎兵衛が言い放つ。

「…………」

相手は答えず、隙を狙っているようであった。

九郎兵衛はじりじりと間を詰めた。

相手が一歩引いた瞬間、

「えい」

九郎兵衛は峰打ちで刀を振り上げて飛び掛かった。

刀と刀がぶつかり合い、火花が飛んだ。

すかさず、九郎兵衛は相手の胴を狙い、次の一手を繰り出した。

相手は刀で受け止めると、重たい力で弾き返した。

今度は相手が刀を振りかぶる。

九郎兵衛は後ろに飛び退《の》いてから、相手の小手を狙った。

鈍い音を立てて刀が当たった。

「うっ」

相手は打たれた方の手を柄から外し、片手で構える。

九郎兵衛は刀を上げて、何度も相手の頭を狙って振り続けた。

相手は何とか受け止めていたが、次から次へと繰り出される攻めに耐え切れず、やがて刀を落とした。

九郎兵衛はその刀を蹴り飛ばし、相手の喉元に剣先を突きつけた。

もう相手は動かなかった。

頭巾を剝《は》いだ。

息を荒くしている細長い目の沖林太郎の顔が現れた。額から汗がしたたり落ちている。

九郎兵衛は刃を突きつけたまま、

「秋月を殺したのはお前か」

と、問い詰めた。

「違う」

沖は九郎兵衛を睨みつけながら答える。

「では、なぜ江戸に来た？」

「…………」

「秋月を殺すためだろう」

「俺がどうして秋月を殺すのだ」

沖が言い返す。

「俺がお前の弟を殺した後、秋月は俺を匿って、江戸へ逃がした。その恨みがあるからだ」

　九郎兵衛は重たい口調で言う。

「十年も前のことだ」

「恨みは消えまい」

「殺そうと思えば、もっと早く殺せた。それに、わざわざ江戸で殺すことはない」

　沖が言い返す。

　九郎兵衛は少し考えてから、

「秋月殺しでは、橋爪主税という御家人が捕まっている。なのに、お前はそのことを言わなかった。橋爪が下手人ではないと知っているからだろう」

「ともかく、俺ではない」

　沖は否定した。

「では、なぜ橋爪のことを言わなかった」

「…………」

　そのことには、口を結んだままである。

「それに、さっきあの二階屋の前に立っていただろう」

「…………」

相変わらず、沖は口を開かなかった。

「あそこで『足立屋』と何かの取引をするはずだったのだろう」

九郎兵衛は決めつける。

「『足立屋』だと？　どうして、それを……」

沖は呟いた。

「惚けたって無駄だ」

九郎兵衛は睨みつける。

「俺は藩の中で怪しい動きがあったので調べていただけだ」

沖は真剣な目で言い、

「『足立屋』というのは確かなのだな？」

と、逆に確かめてきた。

「『足立屋』の番頭たちが入って行くのを見た」

九郎兵衛は答えてから、

「本当に、お前ではないのか」

「何度も言っているだろう」

目付という役目を考えたら、沖の言っていることがあながち嘘とも言えない。

「お前は何を調べている」

九郎兵衛は改まった声できいた。

「まず刀を下ろせ」

沖が頼んだ。

九郎兵衛は沖を見定めるように見てから、刀を下ろした。鞘には仕舞わずに、いざとなったら相手の攻撃を受けられるように構えを緩めなかった。

沖は地面に手を突いて、ゆっくりと立ち上がる。

呼吸を整えてから、

「上屋敷を抜け出して、勝手に動き回っている男がいると密告があった」

「そんなことで、丸亀からわざわざ来たのか」

九郎兵衛が睨みつける。

「………」

沖は黙り込む。

「勝手に動き回っている者は誰なんだ」

九郎兵衛は、さらにきく。

「言えぬ」

沖は首を横に振る。

「さっき、『足立屋』の名前を聞いて驚いていたな。何か知っているのか」

「………」

そのことに関しても、沖は答えなかった。

「『足立屋』と丸亀藩は何か関係があるのか」

九郎兵衛は、さらにきいた。

「一年前から、『足立屋』に依頼して、金毘羅神社のお札やお守りなどを作ってもらっている」

「お札やお守り？」

巳之助が耳にした『足立屋』の旦那の話が蘇《よみがえ》る。

「参拝の日をさらに増やそうとしたり、境内で露店をやろうと考えていないか」

「どうして、それを？」

沖は驚いてきき返す。

まさか、仲間が『足立屋』に忍び込んだとは言えない。

「噂だ」

九郎兵衛は誤魔化した。

「いや、このことは藩の中でも、まだあまり知られていないことだ。そんな噂が広がるはずがない」

沖は否定して、

「誰にきいたのだ」

と、突っ込んできいてくる。それには答えず、

「お前の言っている勝手に動き回っている者と、その裏にいる地位の高い者は誰なんだ」

九郎兵衛は沖を真っすぐに見る。

沖は迷いながらも、

「まだ言えぬのだ。だが、全てがわかったら、必ず……」

「それでは遅い」

九郎兵衛は、ぴしゃりと言った。

神社の木立から烏が数羽飛び立った。

鳴き声が辺りに響く。

「ともかく、俺は秋月殺しの真の下手人を探している。丸亀藩の中に真の下手人がいると考えていいんだな」

九郎兵衛は確かめた。

沖は曖昧に首を動かしたが、否定はしなかった。

「秋月はお前が調べていることを知っていたのか」

「…………」

何も答えない。

九郎兵衛は刀を鞘に収めて、

「俺のことを恨んでいるのだろう」

と、沖を見た。

「弟を殺されたのだ。当然だろう」

沖は小さな声で答える。

「秋月よりも俺を殺したいだろうな」

九郎兵衛は呟いた。

「お前を殺して、藩を追放されるのは御免だ」

沖は吐き捨てるように言い、鳥居の方に向かって歩き出した。

「あの二階屋へ行くのか」

九郎兵衛はきく。

「お前があそこで声を出したから、気づかれた」

沖は振り向きもせず、鳥居を出て行った。

九郎兵衛は神社を出ると、あの二階屋へ戻った。しばらく、外で様子を見ていたが、誰も出て来なかった。『足立屋』と会ったのは誰なのだろう。そのことばかりが頭の中を巡っていた。

三

翌日の朝、巳之助は田原町の九郎兵衛の長屋に顔を出した。

九郎兵衛は巳之助を見るなり、

「昨日、沖とやり合った」

と、唐突に言った。

「えっ、沖と？　まさか、上屋敷まで訪ねて行ったんですか」

巳之助は眉根に皺《しわ》を寄せてきく。

「いや、違う。増上寺の近くの二階屋に『足立屋』の番頭が入って行った。その後に沖がやって来たのだ。それで、沖を問い詰めた。そうしたら、沖は秋月殺しには関わっていないことがわかった」

九郎兵衛は改まった声で告げてから、

「沖は藩内で不審な動きをしている者を調べに来ているそうだ」

と、続けた。

「不審な者？　誰ですか？」

「わからぬ。だが、その不審な者というのが、秋月殺しの下手人かもしれない」

「秋月を殺す理由があるんですかね」

「秋月は、沖が調べていることを知っていたのかもしれない」

「じゃあ、秋月を殺したのは、沖が調べている相手かもしれないってことですね」

「まだはっきりとは言えぬが……」

「沖が調べていることに、『足立屋』は関わっているんですかね」

巳之助が鋭い目つきできいた。

九郎兵衛は増上寺の近くの二階屋の前で沖が立っていたことを話してから、

「『足立屋』が一年前から藩邸の金毘羅神社のお札やお守りなどを作るようになったらしい」

と、伝えた。

「一年前から？　ちょっと待ってください」

巳之助が厳しい顔をした。

「『足立屋』が新しく入って来たということは、それ以前は他の店が請け負っていたということですよね」

「そうだな」

九郎兵衛が答えると、巳之助は腕を組んで考え込んだ。

「どうしたんだ」

九郎兵衛がきく。

「前に丸亀藩の上屋敷に忍び込んだんです。中間部屋で賭場をやっていたんですが、そのときに来ていた客が、いきなり出入り差し止めになったと愚痴をこぼしていたんです。もしかして、それが『足立屋』より前に請け負っていた店かもしれません」

巳之助は思いついたように、勢いよく言った。

「その店の名前は？」

「わかりません」

「半次に中間からきき出してもらおう」

九郎兵衛が言った。

「いえ、これはあっしで何とかします」

巳之助は断る。

「だが、半次に頼めばすぐに済むぞ」

「そうですが……」

あまり大がかりにしたくなかった。だが、九郎兵衛はそう言って聞かなかった。

「じゃあ、頼みます」

それから、巳之助は長屋を出ると、『仙台屋』へ行った。

相変わらず、客はいない。奉公人の増吉が巳之助を見るなり、「すぐに旦那を連れて来ます」と一度、引き下がった。

松之助はすぐにやって来ると、

「先日、駒三親分が来ました」

「掏摸の件について、お咎めは？」

巳之助は心配してきく。昨日、駒三にはこのことをきけなかった。

「ありません」

松之助は答える。

「ない？　お駒さんが勝手に掏摸をしていたと考えているのですか」

「親分の縄張りじゃないから、掏摸に関しては何も口出ししないと言っていました」

「なら、よかったです」

いつも厳しそうな駒三にも、見逃す一面があるのだと意外だった。

それだけ確かめると、巳之助は『仙台屋』を後にした。

店を出て、仙台坂を下り、すぐの路地を入る。長屋木戸をくぐって、とば口の家に向かった。陽が入らない裏長屋は凍てつくような寒さであった。

お光の家からは、赤子の泣き声が聞こえてきた。巳之助が腰高障子に手をかけると、お光が出て来た。

「あっ」

お光は驚いて声を上げる。それで、赤子が余計に泣いた。

「すみません」

巳之助は謝った。

「いえ、こちらこそ」

お光も頭を下げる。

「お光さん、これに見覚えがありませんか」

巳之助は懐から匂い袋を取り出した。

「あっ、これって」

お光が手に取る。

じっくりと眺めてから、

「お駒さんの物と同じです。以前に、好い匂いがするんで、何を使っているのかきいたら、これを見せてくれたんです」

と、答える。

「やはり……」

「これはどうしたんです？　もしかして、お駒さんの？」

お光は眉根に皺を寄せてきく。

「まだわかりませんが」

巳之助はそう言うに留めた。

『足立屋』の蔵に閉じ込められていたのがお駒に違いないと、ますます思えてくる。

お駒は、隙を見て蔵を抜け出した。それから、橋爪のことで何かを伝えに自分のところへ向かった。しかし、尾けられて、斬り殺されたのではないか。

お駒が逃げたのを知ったのは、どのくらい経ってからだろうか。久松町で殺したということは、そんなに経ってからではあるまい。しかし浜松町から久松町までは女の足で考えて、いくら急いでも半刻（約一時間）以上はかかる。殺されたのが夜四つ（午後十時）頃なのだから、五つ半（午後九時）よりも前に、『足立屋』の近くでお駒の姿を見た者はいないだろうか。

暮れ六つ（午後六時）過ぎ、雲行きが怪しくなり、風も強くなった。いまにも雪が降りそうな空であった。

巳之助は久松町の長屋木戸を出たところで、駒三を見かけた。顔が寒さで赤くなっている。

先日、久松町の空き地で見つかった死体がお駒だと教えた。その後、下手人の目星がついたのか、気になっていた。

「あれから、『仙台屋』へ行って来た」

駒三はそう言い、さらに続けた。

「松之助に確かめると、確かにお駒が芝車町で橋爪さまの鉄扇と印籠を掏ったと言っていた。芝車町できいて回ったら、背の高い女掏摸を見ている者たちもいた。橋爪さまが掏摸に遭ったことは、はっきりと明かされた」

「そうでしたか」

巳之助がほっとすると、さらに続ける。

「それに、橋爪さまが腕を斬りつけられたことについてだが、橋爪さまが言っているように、屋敷の近くで襲われたに違いない。近所で見ていた者が何人か現れたのだ」

「では、橋爪さまの身の潔白を明かすことが出来たのですね」

巳之助は確かめる。

「いずれお白州で無実の沙汰が下った後に、お解き放ちになるはずだ」

駒三は考えるように言った。

「親分はお駒殺しで誰か目星がついているのですか」

「いや、まだわからない。だが、死体の傷口は同じだ」

「やはり、ふたつの殺しは同じ下手人だと？」

「ああ」

駒三は深く頷き、

「それなりの剣の腕がある者に違いない」

と、決めつけるように言った。

「それと、お駒のことだが、ここに来る途中、呉服町《ごふくちょう》、尾張町《おわりちょう》、木挽町、そして浜松町で見かけられている。いずれも裸足で、背の高い女だったから目立っていたそうだ」

「浜松町でもですか？」

「五つ半（午後九時）前に見ている者がいた」

「その後を誰か追いかけていたようなことは？」

「そこまではわからない」

駒三は首を横に振った。それだけ伝えると、駒三は去って行った。巳之助も再び歩き始めた。

小雨か小雪かわからないような冷たいものが頬に当たる。大川から吹き付ける風が体を芯から冷やす。

居酒屋や料理茶屋の前を通ると、賑やかな声が聞こえてきた。

巳之助は駒形堂の脇から大川の方へ折れた。一本中に入ると、賑やかな声は消える。すぐの路地を入り、長屋木戸をくぐった。一番奥の家からは灯りが漏れている。

腰高障子を開けると、「あっ」と半次が驚いたように声を上げた。

「なんだ、巳之助か」

半次が安心したように言う。

「何かあったのか」

「いえ、ちょっとね」

半次が笑ってごまかす。畳の上には銀の小粒がいくつも置かれていた。ざっと一両はありそうだ。

「それは？」

巳之助は指した。

「丸亀藩の中間部屋の博打で儲けたんだ」

半次が嬉しそうに、革の財布に仕舞う。

「で、あの件はわかったか？」

巳之助はきいた。

「元々お札やお守りを請け負っていたのは、三田の春日《かすが》神社の近くにある『能登《のと》屋』というところだ。高太郎《こうたろう》という番頭がよく中間部屋の賭場に来ていた」

と、半次が教えてくれた。

「高太郎はもう賭場に顔を出していないのか」

「あれ以来、来ていないそうだ」

さらに続けて、

「そもそも、そんなに中間部屋に来ていたわけではなかったようだ。秋月に会いに来た帰りに、時折寄る程度だそうだ」

「秋月さまに会いに来た帰り？　どうして、『能登屋』の番頭が秋月さまに？」

「俺もそれをきいたが、中間は知らないと言っていた。まあ、中間なんて何も知らねえんだな」

半次はため息交じりに言う。

秋月が『能登屋』とどのような関わりがあるのだろうか。

四

暮れ六つ（午後六時）の鐘が鳴る。巳之助は三田一丁目に来た。武家屋敷が建ち並び、人通りは少なかった。『能登屋』は春日神社から程遠くないところにある質素な構えの店であった。

隣には駒三がいる。ひとりで来ても、高太郎は答えてくれないだろうと思った。だからといって、岡っ引きの駒三の手下などと嘘をつけば、後で知られたときに面倒なことになる。

土間に入り、辺りを見渡す。

客はおらず、帳場で番頭風の痩せた男が真剣な目で算盤《そろばん》勘定をしている。以前、丸亀藩の上屋敷に忍び込み、中間部屋を覗き見たときにいた男であった。

番頭が手を止めてから、

「すまねえ、高太郎というのはお前さんか」

駒三は声をかけた。

高太郎は顔を上げて、

「ええ、私ですが……」

と、誰だろうという風に答える。

「岡っ引きの駒三だ。ちょっと、聞きたいことがある」

駒三は顔色を窺うように言った。

「何でしょう？」

「一年程前、丸亀藩の秋月鉄太郎さまのところをよく訪ねて行ったそうだな」

「はい」

高太郎は小さく答える。

「どうして、秋月さまのところへ行っていた？」

「丸亀藩とお札やお守りのことで取引をしていたんです。その取次役が秋月さまでした」

「秋月さまが取次役……」

巳之助は繰り返した。

駒三がさらに続けようとしたが、

「すみません。秋月さまはずっとその役だったんですか」

巳之助が口を挟んだ。

「ええ、そうですよ。手前どもが携わらなくなってからは、違う方に代わったそうですが」

高太郎が巳之助に顔を向けて答えた。

「新たにその役を担うことになった方はどなたかわかりますか」

「確か、北田さまという方です」

高太郎は思い出すように言った。

「北田さまというのは、どういうお人だ？」

「一度お見かけしましたけど、三十半ばくらいで、背はそれほど高いわけではありませんが苦み走った顔立ちです」

巳之助はそう聞いて、ふとお駒の相手の男を思い浮かべた。

「あの、秋月さま殺しの件で調べているのですか」

高太郎が確かめる。

「そうだ」

駒三は頷いた。

「下手人は捕まったのではないんですか」

「そうだが、もっと深い事情があるかもしれない」

駒三は多くは語らなかった。高太郎は眉間に皺を寄せて、考え込むような目つきをした。

「下手人が捕まったと聞いて、私の考え違いかもしれないと思ったのですが、丸亀藩の出入り差し止めになってからも、秋月さまとはお付き合いさせて頂きました。いつだったか秋月さまが、急に『能登屋』が外されたのには裏がある、と仰っていたのです」

「裏がある？」

「ええ、秋月さま曰く、長い間『能登屋』が引き受けていたのに、江戸家老が難癖をつけて、『能登屋』は外されてしまった。だから、『足立屋』に決まったそうです」

「江戸家老と『足立屋』の関係は？」

「わかりません。秋月さまもそれ以上のことはいま調べていると。ただ、もしそこに不正があれば、追及すると意気込んでいました。それが殺されるひと月半くらい前のことでしたので、気になっていたんです」

高太郎は語った。

「そこに、何かありそうだな」

駒三は腕を組み、重たい声で呟いた。

巳之助は『仙台屋』の旦那、松之助と丸亀藩上屋敷の門前にやって来た。上屋敷の前には細い川幅の桜川《さくらがわ》が流れており、短い橋を渡った先の正面に重々しい長屋門がある。門のくぐり戸の前に門番が立っていたが、巳之助と松之助に気づき、ちらっと見た。

「ずっと、ここにいては怪しまれそうですね」

巳之助が呟いた。

丸亀藩上屋敷の隣は日出《ひじ》藩上屋敷、前には臼杵《うすき》藩上屋敷がある。通りを挟んで、新橋《しんばし》側は御用屋敷が並んでいる。どこか陰に隠れて待ち伏せするということも出来ない。

「もし何か言われましたら、北田さまを訪ねて来たと言えばいいでしょう」

松之助はあっさりと言う。

『能登屋』で聞いた北田という名前の武士は、秋月の殺しに関係あるのだろうか。

ふたりがしばらく門の近くに佇《たたず》んでいると、やがて陽が沈んできた。うす暗くなってきたのを機に、門番が近づいて来た。巳之助と松之助は頭を下げた。

「何をしているのだ」

「北田さまを待っているのでございます」

巳之助が答えた。

「北田殿を？　何の用だ」

門番が首を傾げた。

「ちょっと、『足立屋』からの遣いで」

松之助が堂々と言う。

「そうか。もし、伝言があれば伝えておくが」

「いえ、また来ます」

巳之助は今日は諦めて帰ろうと思った。

新橋の方へ向かうと、前方から苦み走った顔の武士が歩いて来た。

松之助が咳払いをする。

巳之助は松之助に顔を向けた。

松之助は軽く頷く。

改めて、その武士を見た。相手もじろりと、こっちを睨みつけるように見てくる。巳之助は顔を背けて、歩き続けた。

通り過ぎた後も、背中に妙な視線を感じた。

巳之助と松之助は新橋の手前の角を曲がる。そのときに振り返ると、さっきの武士が門をくぐって行った。それを見届けると、「あれがお駒の相手の男です」と松之助が言った。

「あれが……」

巳之助はさっきすれ違った武士の顔を思い出していた。女が好きになるのがわかるような好い男であった。

巳之助は途中で松之助と別れると、田原町の九郎兵衛の長屋へ行った。

田原町に着いた頃、雪が降り出した。道行く人の姿はなかった。路地を入り、長屋木戸をくぐる。

三軒長屋の奥からほのかな灯りが漏れていた。

巳之助は腰高障子を開ける。

九郎兵衛が腕を組みながら、難しい顔をしていた。珍しく、手元には徳利がなかった。

肩に掛かった雪を手ぬぐいで払いのけ、巳之助は土間に足を踏み入れた。

「三日月の旦那」

巳之助が声をかけると、

「随分疲れた顔をしているな」

九郎兵衛が気にするように言った。

「いえ、疲れてはいないんですが、今日は色々と動き回っていて」

巳之助は答え、

「それより、『足立屋』との取次役の者がわかりました。北田という男です」

「なに、北田？」

九郎兵衛は組んでいた腕を解《ほど》いて、立ち上がった。

「ご存知ですか？」

「知っているも何も……」

九郎兵衛は遠い目をして、黙り込んだ。

五

次の日の朝、辺りは雪がくるぶし程まで積もって、一面雪景色であった。夜中に雪が強くなり、朝には弱まったが、それでも、灰のような細かい雪が音もなく降っている。普段だったら商売人で賑やかな大通りでさえ、道行く者はほとんどいなかった。

九郎兵衛は増上寺の前までやって来た。雪に足が取られるせいで、いつもより遠く感じた。

山門の前を右に曲がったとき、「松永」と、後ろから声をかけられた。

懐かしい声だ。

振り向くと、九郎兵衛より少し背の低い大小を提《さ》げた武士が近づいて来た。

北田だ。十年ぶりに見る顔であったが、少し肌が脂っぽくなっただけで、大して変わっていなかった。

北田は笑顔で近寄って来て、

「やはり、お前だったか」

と、呟く。

「懐かしいな」

九郎兵衛は大きく目を見開く。

「お前が江戸にいるということは噂で聞いていた。だが、こんなところでばったり出くわすとは」

北田が驚いたように肩を叩き、

「近ごろどうしているのだ」

と、きいてきた。

「いや、貧しい浪人暮らしだ」

九郎兵衛は自分を蔑むように言う。

「お前のことだから、色々と活躍しているのではないか」

北田は信じられないといった具合に言う。

「そんなことあるわけないだろう。それより、こんなところで何をしている？」

九郎兵衛はきいた。

「今日は非番だから、散歩がてらに歩いているんだ」

「こんな雪の中をか」

「ああ、江戸でも久しぶりにこんなに積もった。雪見もなかなか乙なものではないか」

北田は答えた。

「乙か……。秋月もそんなことを言うだろうな」

九郎兵衛は、ぽつんと呟いた。

「知っているかもしれないが、秋月は橋爪とかいう御家人に殺されたんだ」

北田が重々しい声で告げた。

「うむ、知っている」

「どうして、知っているのだ」

「ちょっと耳にしただけだ」

九郎兵衛は引き締まった表情で言った。

「何か言いたげだな」

北田が顔色を窺うように言う。

「橋爪は無実かもしれない」

「なに、無実？」

北田が声を上げる。

「鉄扇と印籠は橋爪が盗まれたものだということがわかった」

「だとしたら、どうして橋爪のものが見つかったのだ」

「真の下手人がわざと置いたのだろう」

「そうか。真の下手人は誰なんだ」

「まだわからない。だが、秋月が殺された理由が、もしかしたら『足立屋』との取引に関わっているかもしれない」

「うむ？　どういうことだ」

北田が身を乗り出すようにきく。

「いままで丸亀藩のお札やお守りは『能登屋』が請け負っていた。そのときの取次の役をしていたのが秋月だった。同じ藩なら知っているだろう？」

「いや、俺はそっちの方には関わっていない」

北田が答える。

「そうか。『能登屋』が急に外されて、『足立屋』になった。秋月はそこに何か疑問を持っていたそうだ」

「じゃあ、そのことを調べていたために殺されたというのか」

「かもしれない」

九郎兵衛は小さく頷き、

「昨日、岡っ引きが『能登屋』の番頭から聞いた話だと、江戸家老が関わっているようなことを言っていた」

と、声を潜めて言った。

「なに、江戸家老が？」

北田は信じられないような顔をして、

「だが、その番頭が本当のことを言っているとは限らないだろう。急に出入り差し止めになった腹いせに、ないことを言っているだけかもしれない」

と、返す。

「ともかく、秋月がそこに疑いを持っていたことは確かなようだ。『足立屋』との取次は誰が担っているか知っているか」

九郎兵衛はきいた。

「いや、知らぬ」

「そうか。もし、わかれば教えてくれぬか」

「構わないが、どうしてそんなことを知りたがる？」

北田は不思議そうにきく。

「秋月は俺の恩人だ。下手人を許せない」

九郎兵衛はきっぱりと言う。

「俺も秋月は気が合う仲間だったから、下手人は許せない」

北田が怒りを帯びた声で答えた。

「そうだよな。そういえば、昔三人でよく呑んだな」

九郎兵衛は、ふと思い出して言った。

「ああ、懐かしいな」

北田が懐かしむように言った。

「お前がいなければ、秋月ともそれ程仲良くなれなかったかもしれない」

「まさか」

「本当だ。お前と会うまでは、秋月とふたりで呑みに行くこともなかった。お前が誘ってくれたのをきっかけに仲良くなったのだ」

九郎兵衛は参勤交代のときにしか江戸に来ることはなかった。上屋敷の者たちとは、仲が悪いわけではなかったが、あまり深く関わることもなかった。そんな中、分け隔てなく接してくれたのが北田であった。三人は歳が近いこともあって、すぐに仲良くなった。

「久しぶりに呑んでいくか？」

北田が誘った。

「いや、秋月殺しのことで調べなければならないから、そんな悠長なことはしていられない」

九郎兵衛は断った。だが、北田は首を横に振った。

「秋月殺しだって、すぐにはわからないだろう。それに、ふたりで呑むことで供養になるかもしれない」

真っすぐな目を向けてきた。

九郎兵衛は少し考えてから、

「そうだな」

と、頷いた。

「どこかいい店を知っているか？」

「ちょっと歩くが、よく行くところがある。小汚いところだが酒や肴は一品だ。そこでも構わないか」

「もちろんだ」

ふたりは並んで歩き出した。

八町（約八百七十メートル）ばかり進んだところに、古くからありそうな小さな居酒屋があった。提灯《ちょうちん》の明かりもどこかぼんやりしており、年季が入った暖簾を北田はくぐった。

土間に入り、店内を見渡す。奥の方に、六十過ぎの男が退屈そうに煙管を吹かしていた。ふたりに気が付くと、煙管をそのまま置いて、すぐに立ち上がる。

「すみません。すぐに案内いたしますので」

亭主はそう言い、

「お客さまだ」

と、二階に向かって声を上げた。

「はーい」

甲高い中年の女の声がすると、すぐに小太りの女将《おかみ》がやって来た。

「北田さま。ご無沙汰しております」

「ああ、しばらくだな。二階は空いているか」

「ええ、今日はいつになく静かで」

「ちょうど、よかった」

北田は女将に答える。

「さあ、どうぞ」

女将は案内した。九郎兵衛は後に付いて、階段を上がる。段に足を置くたびに、ぎしぎしと音が響く。

「すみません、古くて」

女将が謝る。

「いや、これくらいがいいんだ」

北田は冗談っぽく答える。

二階に上がると、突き当たりの座敷に通された。十畳程ある部屋で、外観や階段の古さに比べれば、しっかりとしていた。

「こんな広い座敷でいいのか？」

「ええ、構いません。すぐにお酒をお持ちします」

女将は去って行った。

ふたりは向かい合って座る。

酒が運ばれてくると、互いに注ぎ合い、呑み始めた。かつては呑みっぷりのいい北田だったが、今日はちびちびと呑んでいる。

「具合でも悪いのか？」

九郎兵衛は冗談っぽくきいた。

「いや、近ごろ前に比べて呑めなくなったんだ」

「あの、お前がか？」

「もうそこまで若くないからな」

北田は笑って答える。

それから、昔話に花が咲く。

三合ほど呑んだとき、

「そういえば、秋月殺しのことで調べていると言ったが、ひとりで調べているのか」

北田が思い出したようにきいてきた。

「いや、手伝ってもらっている者がいる」

九郎兵衛は酒を呑みながら答える。

「誰なんだ」

北田がきいた。

「鋳掛屋の巳之助という男だ」

「鋳掛屋の巳之助？」

「捕まった橋爪に贔屓《ひいき》にしてもらっていたらしい。それで、橋爪の無実を信じて、真相を探っているのだ」

「そうか。橋爪の……」

北田が呟く。

「どこに住んでいる男だ」

「日本橋久松町だ」

九郎兵衛は答えてから、

「どうして、そんなことをきくのだ」

「いや、秋月殺しの下手人探しを手伝ってくれていると聞いて、気になったのだ」

「そうか」

九郎兵衛は頷く。

北田が酒を注ごうと、徳利を持ち上げた。

徳利の中を覗きながら、

「まだ呑んでも構わないか」

北田がきいた。

「ああ」

九郎兵衛は頷いた。

「ちょっと頼んで来る」

北田は座敷を出た。

九郎兵衛の心は十年以上前に戻っていた。襖の向こうから、「遅れてすまぬ」と秋月がひょっこり出て来そうな気もした。

やがて、北田が徳利を持って戻って来る。

「それにしても、わざわざ酒を取りに行かなきゃならないのは大変だな」

九郎兵衛は労うように言った。

「いや、そこがこの店のいいところだ。あまり気を遣わなくていい」

「でもな」

九郎兵衛は苦笑いして、北田から酒を注いでもらった。

舌を付けると、

「苦いな」

九郎兵衛は首を傾げた。

「そうか？　同じ酒を持って来たんだが」

「味が違う気がする。呑んでみろ」

九郎兵衛は北田に注ぐ。

「ちょっと、その前に厠《かわや》に行って来る」

北田がまた座敷を出た。

九郎兵衛はもう一度酒を口にする。

気が付くと、頭がぼおーっとして、ばたっと倒れた。

腰高障子に男の影が映る。巳之助は腰を上げて、戸口に目を向けた。腰高障子が開き、見知らぬ武士が現れる。

「鋳掛屋の巳之助というのはお前か」

武士がきいてきた。

「そうでございますが」

巳之助は平然と答えた。

「わしは北田という。さっき松永が急に倒れてしまった」

「三日月の旦那が……。容態は？」

「いま医者を呼んでいる。だが、泡を吹いていて、どうなっているのかわからない」

「どこにいるんですか」

「浜松町の料理茶屋だ。付いて来てくれ」

巳之助は褞袍《どてら》を着て、すぐに土間に下りた。

長屋を出て、浜松町に向かって歩く。雪が舞っていて、視界が悪い。さらに、普段と違う雪景色は、違う世界のようであった。

少し歩きながら、

「そういえば、昨日上屋敷の前ですれ違わなかったか」

北田がきいてきた。

「ええ」

巳之助は静かに答えた。

北田が何を考えているのか気にかかった。横目で北田を見ると、北田は真っすぐ前を向いていた。

大伝馬町《おおでんまちょう》の米問屋の角を曲がると、

「ここが近道だ。抜けて行こう」

北田が言った。

「はい」

巳之助は北田に従って進んだ。

しばらく、細い道をくねって進むと、行き止まりになった。

「道を間違えたようだ」

北田が困ったように言う。

「この雪ですから仕方ありませんね」

巳之助は来た道を戻ろうと、踵《きびす》を返した。その瞬間に、背中に殺気のようなものを感じた。

咄嗟に避《よ》けると、巳之助の横を刀が振り下ろされた。

北田に顔を向ける。

凄まじい形相で、胸の前に刀を構えている。

「北田さま？」

巳之助が声を出すのと同時に、北田は次の一撃を繰り出してくる。

さっと、横へ飛び退いた。

休む間もなく、今度は北田が刀を突いてくる。

そのとき、突風が吹いた。巳之助は正面に受け、思わず足を滑らせた。尻から地面に落ちる。

北田は見計らったかのように、

「えい」

と、踏み出して、刀を振り下ろす。

巳之助は両手で北田の手を押さえた。北田は体全体で、尻もちをついている巳之助を押してくる。

次第に、巳之助の手がしびれてきた。

「おのれ」

北田も声に熱がこもる。

吹雪がふたりに当たり続ける。

もう耐えられないかもしれないと思ったとき、北田の後ろに影が現れた。途端に、横一文字に何かが過り、北田の腕から血が噴き出した。

「うっ」

北田は鈍い声を出して、腕を押さえながら振り返る。

その瞬間、峰打ちで北田は肩を打たれた。

北田は倒れ込んだ。

九郎兵衛が現れる。

巳之助はその隙に立ち上がった。

「どうして、お前が……」

北田が詰まった声で言った。

「毒を盛ることくらいわかっていた」

九郎兵衛はすぐさま言い返し、

「秋月をよくも殺したな」

と、刀の先を北田の目の前に突きつけた。

「………」

北田は口を半開きにしたまま、黙っていた。

「北田、何とか言え!」

九郎兵衛が怒鳴りつけた。

「俺は……」

北田は血眼《ちまなこ》になり、肩で息をしながら言う。

「なんだ?」

九郎兵衛が促した。

「秋月を殺したくはなかった。だが、秋月が『足立屋』とのことに気づいてしまった以上、殺さなければならなかったのだ」

北田は必死に言い訳した。

「殺さなければならなかった？　勝手なことを言いおって」

九郎兵衛は剣先をさらに突きつける。

巳之助が一歩前に足を進め、

「秋月さまのことだけではありません。お駒さんをよくも……」

と、震える声で言った。

「…………」

北田は答えない。

「お駒さんはあなたのことを好いていた方じゃありませんか。あなたはお駒さんのことをただうまく使っただけなんですか？　そこに情はないのですか」

巳之助が声を大きくして迫る。

「お駒も殺したくはなかった。あいつとは、二年前に増上寺の境内で会ったのがきっかけだ。あいつは俺の懐を狙ったが、俺が気づいて、取り押さえた。それがきっかけで付き合うようになったのだ。妻に迎えたいと思っていたが、身分違いで叶わなかった。誰かの養女にしてということも考えたが、それも出来なかった。だから、渋谷の二軒長屋に住まわせていたのだ」

「本気だったんですね」

巳之助がきいた。

「もちろんだ」

「なのに、どうして？」

「家老から命じられて、金毘羅さまの事業を利用して、私腹を肥やす手伝いをさせられていたのだ。俺もどっぷり浸《つ》かっていた。そんなときに、秋月に不正を暴かれそうになった。同じ時期に、目付の沖が国許から探索にやって来ることになった。それで、家老から秋月を殺せと命じられた。『足立屋』と相談して、橋爪主税を罠に嵌めることにした。そこに、お駒を使った。お駒は俺の言うことに従ってくれると思っていたが、そんな悪いことに手を貸した自分が許せないとお駒が騒いだ。それで、蔵に閉じ込めておいたが、あいつは逃げた。それで仕方なく殺す羽目になったのだ」

北田は苦しそうに言った。

「お前がそんな不正に加担するような奴だとは思わなかった」

九郎兵衛が言う。

「家老には恩義があった。断れなかった。お駒を失って、改めてお駒の大切さがわかった。今は早くあの世に行って、お駒と会いたいだけだ」

「こんな弱々しいお前を見たのは初めてだ」

九郎兵衛が北田を憐れむように見る。

「すまぬ」

北田はいきなり脇差を抜いて、自分の腹に突き刺そうとした。

「何をするんだ」

九郎兵衛は腕を摑んで、脇差を奪い取った。

「お前はいま死ぬべきではない。ちゃんと罪を認め、沖に全てを話してから、沙汰を待つべきだ」

九郎兵衛が説き伏せた。

北田は観念したように、目を瞑《つむ》った。

そのとき、雪を踏む音が後ろから聞こえた。振り返ると、沖林太郎だった。

「松永、こんなことを言いたくはないが、助かった」

沖が複雑な表情で言う。

九郎兵衛は苦笑いし、

「後は頼んだ。巳之助、行くぞ！」

と、その場を離れて行った。

巳之助は九郎兵衛に付いていく。

「それにしても、旦那、よくご無事で」

巳之助は労った。

「ああ、昨夜話した通り、うまく運んだな」

九郎兵衛が不敵な笑みを浮かべ、

「それにしても、北田は憐れな奴だ。大切な友の命を奪い、好いた女まで殺さなければならなかった。一番悪いのはあの家老だ。北田は家老の命令に逆らえなかった」

と、吐き捨てた。

九郎兵衛は珍しく激しい怒りを現していた。

雲間から陽が見えてきた。

六

数日後、巳之助は『芝口屋』の暖簾をくぐった。

「いらっしゃいまし」

と、番頭風の男から威勢の良い声をかけられた。

「旦那さまはいらっしゃいますか」

「ええ。どのようなご用で」

「絹太郎さんのことです」

巳之助が口にすると、番頭の顔色が変わった。

「若旦那をご存知で」

「ええ、いま野菜の棒手振りで頑張っています」

巳之助が周りに気を遣って、小さな声で告げると、番頭は急いで店の奥へ行った。

周りにいた奉公人たちが何事だろうと番頭を見ていた。

しばらくして、恰幅《かっぷく》のよい白髪交じりの男がやって来た。

「お前さん、絹太郎のことを何か言っていたそうだね」

「ええ」

「ちょっと、上がっておくれ」

巳之助は帳場の裏の部屋に通された。

旦那は改まった声で、

「絹太郎が棒手振りをしているというのは本当か」

と、きいてきた。

「はい。ひとりで食べていく為にと言っています」

巳之助は答えてから、

「絹太郎さんは旦那の言うことはもっともだと思うと言っていますが、どうしても
あのお光さんという方と一緒になりたいそうです」

「まだお光を？」

旦那が驚いたように、きき返した。

「はい。絹太郎さんにとっても、お光さんにとっても、互いを必要としているんです。あっしがこんなことを言える立場ではありませんが、どうか勘当の件を考えなおしてください」

巳之助は深々と頭を下げた。

「………」

旦那は腕を組んだまま、そのことには何も答えなかったが、

「ふたりはいま一緒に暮らしているのか」

と、きいてきた。

「いいえ、絹太郎さんはまだお光さんを食べさせていけるわけではないと言っています。でも、そのうち一緒になるでしょう」

巳之助は旦那の目を真っすぐに見て答えた。

「そうか。お光はどこに住んでいるのだ」

と、きいてきた。

「門前西町の裏長屋です」

「あとで、様子を見に行ってくる。わざわざ伝えに来てくれてすまなかった」

巳之助は答える。

「もし絹太郎に会ったら、戻って来いと言ってくれ」

旦那が頭を下げ、

「ご自身で言えばよろしいじゃありませんか」

「いや、わしは……」

旦那がばつが悪そうに言う。

しかし、この様子なら勘当が解けそうだと巳之助は思い、安心して『芝口屋』を後にした。

それから、巳之助は「いかけえ、いかけ」と橋爪の屋敷のある木挽町へ向けて歩き出した。昨日、若党の石川福吉から橋爪が放免されたという報せがあった。福吉は泣いて喜んでいた。

「あっしのおかげじゃありませんよ」

巳之助は首を横に振ったが、

「ともかく、礼がしたいから屋敷に来てくれ」

と、言われた。

芝口新町《しばくちしんまち》を過ぎ、汐留橋を渡ったとき、脇から声をかけられた。

振り向くと、九郎兵衛、半次、小春、そして三津五郎が立っていた。

「こんなところで何を？」

巳之助は驚いてきいた。

「橋爪が放免になったと聞いて、様子を見に行ったんだ」

九郎兵衛が答える。

「三日月の旦那はわかるけど、お前さんたちには……」

巳之助は他の三人を見る。

「関係ねえけど、旦那に付いて来た」

半次がなぜか嬉しそうに言う。

「お駒さんのことを探っていたのはこういうことだったのね。教えてくれれば、手伝ったのに」

小春が不貞腐《ふてくさ》れたように言い、

「まったくだ。俺なんか最初から最後まで加わることが出来なかったぜ」

三津五郎が不満そうにため息をつく。

「まあ、今回は金儲けの話ではない」

九郎兵衛が口を挟む。

「それもそうだな」

三津五郎が頷いてから、

「そういや、金になりそうな話があるんだ」

と、言い出した。

「一緒にやろうじゃねえか」

半次が誘った。小春は真っすぐな目で巳之助を見てくる。

「いや、断る」

巳之助は小さく言った。

「本当に金になる話なんだぜ」

三津五郎が、にやりと笑う。

「俺はひとりが合っているんだ。またな」

巳之助は四人と別れて、橋爪の屋敷へ向かって再び歩き出した。

冬の澄み切った空に、陽がまるで宝石のようにきらきらと輝いていた。巳之助の足は軽やかだった。

この作品は書き下ろしです。

儚《はかな》き名刀《めいとう》

義賊《ぎぞく》・神田《かんだ》小僧《こぞう》

小杉健治《こすぎけんじ》

令和3年12月10日　初版発行

発行人――石原正康
編集人――高部真人
発行所――株式会社幻冬舎
〒151-0051東京都渋谷区千駄ヶ谷4-9-7
電話　03(5411)6222(営業)
03(5411)6211(編集)
振替00120-8-767643
印刷・製本―株式会社　光邦
装丁者――高橋雅之

幻冬舎時代小説文庫

ISBN978-4-344-43151-5　C0193　こ-38-13

幻冬舎ホームページアドレス　https://www.gentosha.co.jp/
この本に関するご意見・ご感想をメールでお寄せいただく場合は、
comment@gentosha.co.jpまで。